JN253432
鳥籠

鳥籠《とりかご》

和泉《いずみ》 桂《かつら》

ILLUSTRATION：雪路凹子《ゆきみちおうじ》

鳥籠

LYNX ROMANCE

CONTENTS

鳥籠

初めて彼を見たとき、そこに言葉が生まれた。
その人を表すための言葉が。
あのとき、知った。
これは神だと。
それは斯《か》くも美しい姿で、己の目前に佇《たたず》んでいたのだ。

1

大正《たいしょう》十年春。

一人で汽車に乗っていた福岡凌平《ふくおかりょうへい》は、読《よ》み止《さ》しの本を膝《ひざ》に置いて浮かない顔で頬杖《ほおづえ》を突いていた。

帝都《ていと》から汽車で数時間のところにある目的地は、信州《しんしゅう》の片田舎《かたいなか》だ。窓外の光景は次第に木々が多くなり、ここに線路を敷設するには相当の苦労があっただろうと窺《うかが》い知《し》れる。

一度大きな国鉄の駅で乗り換えたあと、凌平は地元の私鉄路線に乗り換えた。当然であるが、そこからもまだ時間がかかる。

押し寄せてきた眠気に欠伸をしたものの、ここで寝過ごしては大変なことになってしまう。

蒸気機関車は機関車から生じる蒸気を客車に送り込み、それで暖を取ることになっており、いわゆる蒸気暖房と呼ばれている。このおかげで寒くはないのだが、何とも言えず眠気が押し寄せてくるのには閉口した。

窓外を流れていく光景は代わり映えのしない森林、あるいは田畑で、時々停車する駅がわずかな変化をもたらしている。

――此度《こたび》の道行《みちゆ》きは、あなたさまには大いなる出会いをもたらしましょう。

あれは先週のことだ。

ほんの二か月の留守なのに、ばったり顔を合わせた旧友に他県での調査の話をすると大袈裟《おおげさ》な壮行会が開かれた。要するに、凌平は友人同士が集まる『だし』に使われたわけだが、その帰り道、当の友と連れ立って御茶《おちゃ》ノ水《みず》の自宅に向かう途中の話だ。

大学時代の友人で親友といっても差し支えない間柄の友永俊太郎《ともながしゅんたろう》に連れられて、あやしげな筮竹《ぜいちく》占いに見てもらったのだ。

じゃらじゃらと筮竹を慣らした老人にほかにも難しいことを言われたが、酔っ払っていたので覚えていたのはその一文だけだ。一緒になって占いを聞いていた友永も、印象深かったのはそこだったようだ。帰り際に、何度もその台詞《セリフ》をくり返していた。

「当たるといいなあ、占い」

「占いなんて適当なことを言ってるだけだよ」

「でもさ、大きな出会いがあるなんて、期待しちゃうじゃないか。今回の出向、すごい転換点になるんじゃないか？」

どこか脳天気な傾向がある友永は、明るい口調でそんなことを告げた。

「いくら何でも、出会いなんてあるわけないだろう。おまえ、俺がどれだけ田舎に行くのかわかっているのか？」

「それだよ、それ！」

単純だが気のよい友永は勢い込み、楽しげに言ってくれる。

「鄙《ひな》に無垢《むく》な美姫がいるってのは、古今東西、昔からの旅人の夢だ。それこそ『雨月物語《うげつものがたり》』みたいにすごい美女と出会うんじゃないのか？　おまえ、ああいう耽美《たんび》趣味的な話が好き……っていうか、見かけによらず耽美主義者じゃないか」

見かけによらずというのがどういう意味かは知らないが、おそらく、好青年然としとした風貌なのに、『美』に対する執着が人並み以上なのだと言いたいのだろう。

大学では理系だったので、なぜ文学者にならなかったのかと、友永はしばしば凌平をからかった。

「それはまあ、好きだけど、その話のとおりになると俺は化け物に出会う算段になるんだが」

「堅いこと言うなよ。」

「こっちはどうせ左遷《させん》みたいなものだからな」

「なあに、研究三昧《ざんまい》で過ごせるって楽しみにしてるくせに」

これから出向く片田舎で、いったいどんな大いなる出会いがあるというのか。

今回の派遣は天気になるだろうし、田舎暮らしをしたことのない凌平にしてみれば、期待が七に不安が三というところだ。真面目《まじめ》そうに見える淩平だったが、好奇心が旺盛すぎて失敗した回数は幼い頃から数え切れない。そのため、今回の派遣も気を引き締めてかからなくてはいけなかった。うとうとしているため眼鏡《めがね》は外していたが、どうせ眼鏡をかけて窓の外を眺めたところで、先ほどと大差ない光景が広がっているのだろう。

長野《ながの》県は帝都とそう離れていないとはいえ、目的地までの鉄道が開通したのは十年ほど前の話だ。帝都では既に鉄道は電化されつつあるが、このあたりは未《いま》だにそんな兆しもない。

淩平が勤める宮丸製紙《みやまるせいし》は、本社も工場も共に帝都にあるのに、この鉄道のおかげで今回の長野工場誘致の話が降って湧《わ》いたのだ。

そうでなくとも不景気の折、帝都においては人手も土地も何もかも余っており、帝都近郊に工場を作るのが一番の上策だ。

明治《めいじ》時代になってから製紙技術は格段に向上し、業界は行き着くところまで辿《たど》り着《つ》いた状態にある。各地に小規模な製紙工場が乱立し、どれだけ安く製品を作れるかでしのぎを削っている現状だった。

だからこそ、帝都から離れた信州に工場を作ってどうするのかと思っていたが、社長は部長の冨田《とみた》に工場誘致の話を持ち込まれ、それをまともに検討する気になったようだ。

確かに森林の豊富な信州ならば製紙に必要な木材を賄《まかな》える可能性があるうえ、十分な水源もある。水力発電を使えれば、工場のための電気代も安くはなるだろう。加えて労働力もそれなりに潤沢で、何よりも賃金は都会よりは安い。商品の運搬に貨物列車を使えるし、費用を計算したときに十分に近隣の製紙工場と戦えると判断したらしいが、この計画にはそれなりに穴というか粗がある。

それはすなわち、製紙に必要な原材料についてまるで考慮していない点だ。原料が肝になる和紙と違って洋紙は薬品の使用が前提になって原材料に関しては自由度が増すため、どうしても後回しにされがちだ。新製品の開発を担当する凌平にしてみれば、己の仕事を軽んじられているようでひどく歯《は》痒《がゆ》かった。

「次の駅まで、あとどれくらいですか？」

黙っているのにも退屈し、答えはわかりきっているが車掌に声をかけてみると、「十五分はかかりますねえ」とのんびりした声で言われた。

「どうも」

男らしく女性から好まれそうな外見に反して——というと自信過剰だと思われそうだが、凌平は昔からよくもてた。もらった恋文は数知れずだったし、地元でも『図書館《としょかん》の君《きみ》』などという妙なあだ名を女学校の生徒たちから頂戴《ちょうだい》していたのは知っている。そうした少女たちとつき合ったこともあったが、凌平の関心は常に別のほうに向いていた。

幼い頃から、凌平は美しいものに強い愛着を示していた。

その強すぎる欲望が、親友の友永にも耽美主義者とからかわれる所以《ゆえん》だった。

父が美術の教師だったこともあり、家には外国の画集や何かも多かったし、幼い頃から何度も美術展に連れていかれた。そのうえ家が花街に近く、艶《つや》やかな格好をした女性をよく見かけたのにも大きな影響を受けていた。着物の色や柄、脂粉の匂い。音曲。

幼いときから、凌平は東洋《とうよう》と西洋《せいよう》の美を学び、存分に吸収していった。

しかし、凌平にあったのは繊細な芸術を作り出す才ではなく、技術開発者としての閃《ひらめ》きのほうだった。それは如何《いかん》ともし難い向き不向きの差であり、愛と情熱の方向性が才能と違うことが凌平を悩ませた。そうして暫《しばら》く思い悩んだ末に考えついたのが、新しい紙を作ることだった。

今の時代、絵画や文学といった芸術は紙に印刷されて大衆に届けられる。凌平も気に入った絵のグラビアを切り抜き、愛する作家の本を貪るように読んだ。

美しい紙は芸術家の創作意欲を掻き立て、彼らはその上に相応《ふさわ》しい、新しい美神を宿す文や絵を生み出すのではないか。

ひいては、究極の美を描く誰かが現れるのではないか。

凌平は己の研究で、彼らの才能を開花させる一助となるのだ。

本当はかつての絢爛《けんらん》たる料紙の如《ごと》き華やかなものを作る夢を抱いての宮丸製紙への入社だったが、それはすぐに潰《つい》えた。大衆はそこまで高額な紙など求められず、大量生産こそが会社の至上命令だ。

ならば、宮仕えとして、限られた条件の中で素晴らしい紙を作り出してみよう。

それならば実行は可能だったし、何よりも、多くの人々に凌平の愛する美を届けられる。

そう考えて仕事に打ち込んでいた最中《さなか》に、社長命令が下ったのだ。

競争が厳しいご時世だからこそ、値段で戦う必要のない独創的な新しい紙を作るべきなのではないか。

常々そう考えていた凌平に対し、社長がぶち上げたのだ。

曰《いわ》く、これまで誰も作ったことのない新しい紙を作れ、と。

仮に信州でそれに相応しい原料が見つかれば、新しい工場はその地に建てられる。

田舎に行くのは面倒《めんどう》だったが、雑音に煩《わずら》わされずに研究に没頭できるのは嬉《うれ》しかった。工場ができようとできなかろうと、新しい紙を開発するための原材料を自分で実際に探す、またとない機会を与えられたからだ。

ただし、当然ながら与えられた時間は有限で、きっかり二か月間で結果を出す必要があった。

課題はそれだけではない。

片田舎の寒村においては、工場誘致の成否はこの先の発展を左右する大きな問題となるはずだ。工場ができれば雇用先が生まれ、金が稼げる。農業収入のような天候に左右される、不安定なものに頼らなくてよくなる。工場ができたときは現地の人間を幹部として雇うこともあるし、おそらく凌平に取り入ろうとする人間も出てくるだろう。そうした誘惑を断ち、きっちりと抵抗を示す必要もあった。

――君は男前だから、田舎の女に鼻の下を伸ばしたりしないはずだ。無論、袖《そで》の下も受け取らないだろう？

鼻の下と袖の下を引っかけた駄洒落《だじゃれ》に何となく笑ったものの、自分は容姿で仕事をしているわけではなくきちんと成果を出してきたはずだ。なのに、ただ見目がよいだけで選ばれたと思われているようで多少は不愉快だった。

とにもかくにも成果を上げ、紙作りに適した素材を見つけてやる。研究の道具を先に送っていたので、実験もできる環境を整えられるはずだ。

「…………」

そんなことを考えているうちに、汽車は徐々に減速していく。

駅が近いのだ。

人いきれと蒸気で曇った窓に映った自分自身は、学生時代に登山をはじめとしたスポーツに打ち込んでいたこともあり、ひ弱には見えない。眼鏡をかけるのは研究で顕微鏡を見るときくらいのものだが、そういうときは如何《いか》にもインテリ然とした研究者になるようで、人の印象は小道具一つで随分変わると思っている。

いずれにしても、最初が肝要だ。

窓硝子《ガラス》に映った自分の黒髪を手櫛《てぐし》で撫《な》でつけているうちに、汽車は目的地に到着した。駅員が開けた扉から吹き込んできた風は冷たく、刹那《せつな》、凌平はそれがこの土地の象徴のようではっとした。

凌平は苦労して荷物を下ろすと改札に向かい、駅員に切符を渡す。凌平と一緒に降りた乗客はおらず、代わりに二人の男が汽車に乗り込んだ。

——ここ、か……？

都会の駅ばかり目にする凌平は、到着した駅舎の小ささに驚かざるを得なかった。曲がりなりにも汽車が止まるので、そこまで寂れているわけもないだろうと思っていたが、甘かったようだ。

さすが信州、寒いとは聞いていたものの、外気温は帝都より体感で二、三度は低いだろう。自分の息との温度差で一気に眼鏡が曇り、視界が白くぼやける。凌平はポケットに突っ込んだままの手拭《てぬぐ》いでそれを拭った。

出発したときの帝都は、毛織りのインバネスなどいらないうららかな陽気で、こんなものがいるかと訝《いぶか》しんだほどだったのに、羽織らずにはいられない。念のため、ズボンの下に厚地の下穿《したば》きをつけてきたことを感謝せざるを得ないほどの寒さだ。長野でこれでは、更に北の北海道《ほっかいどう》あたりではどうなのだろうと、詮《せん》なきことをちらと考えた。

「あの」

唐突に話しかけられた凌平がそちらに視線を向けると、猫背気味の野良着の男性が立っている。仕事の途中なのか手も足も泥で汚れていて、凌平のまなざしを受けて少し恥ずかしそうに俯《うつむ》いた。

「福岡様、ですか」

遠慮がちな口ぶりには、隠しようのないお国訛《なま》りが混じっている。

「はい。村長さんの……ええと、十和田《とわだ》さんの使いの方ですか？」

凌平は頷《うなず》き、相手を密《ひそ》かに観察する。

そうだ。信州なのに十和田とは面白《おもしろ》い苗字《みょうじ》だと思っていたのだった。

「へい。三浦《みうら》と申します。お客さんが村長さんの家に寄宿するって聞いたんで、迎えに来ました」

「ありがとうございます。助かりました」

仮住まいのことは会社に一任していたので、荷物を送るだけ送ってあった。それが現地の村長の家と知らされたのは、つい二日前のことだ。

「どうぞ、馬車で来てますんで。荷物はこの箱二つ……と、この鞄《かばん》で？」

「はい」

駅舎の外には、昔ながらの荷馬車が止められている。大小の車輪がついた荷馬車には半分ほど藁《わら》が積まれており、空いたところに荷物を載せろという意味のようだった。

凌平の荷物は技術書や実験用具が入った大きな箱が二つにトランクが一つ。ほかは郵送したので、あとから届く予定だった。

「どうぞ」

「すみません」

凌平が馬車に乗り込むのを見てから、優しい目をした馬の鼻面を撫で、男が「よっ」と声をかけつつ傍らに乗った。

「村長のお宅はここからどれくらいですか？」

「すぐですよ。何しろ駅を作るときの誘致も、何もかも、村長が全部やってくださったくらいで」

「もしかして、代々庄屋《しょうや》さんだったとか？」

「へい、そのとおりで」

想像していたとおり、十和田氏はこの村の有力者というわけか。

登山をしていたとはいえ遠出をする機会はあまりなく、訪れた山はせいぜい甲州《こうしゅう》あたりまでだった。社会人になってからの出張も近郊に限られたし、宮丸製紙の工場は帝都にあったので、そこまで生活様式が違うというわけでもなかった。

登山などの際に見知らぬ土地を訪れたときは昂揚《こうよう》感が大きく、ろくにあたりに目を配る余裕がなかった。けれども、大人《おとな》になってこうして新たに自分が生活をする場として新しい土地にやって来ると、あたかも別世界に流れ着いたかのようでたじろいでしまう。

「のんびりしたいいところですね」

「へい」

ほかに褒めるところがないのでひとまずそう言うと、肯定とも否定ともつかぬ返答だった。

道行く人々の着物は地味な洗いざらしで、都会で派手な銘仙に見慣れた淩平の目にはすべてがくすんだものとして映った。

移動日だったので動きやすい洋装で来てみたが、日常を送るにはその格好では悪目立ちするかもしれない。着替えの大半は着物を持ってきたので、その判断は賢明だったようだとほっとした。

「お屋敷は、あそこですよ」

曇天の下で視界に飛び込んできたのは、小高い丘の上にある大きな家だ。敷地全体を生け垣が囲い、門の奥には立派な母屋が見えた。

「すごいな……」

またしても、すぐに「へい」と答えが戻ってきた。

「このあたりじゃ一番立派なお屋敷です。よそのお方には、あの家じゃいろいろ大変でしょうが……」

「一人暮らしが長いので、あんなにすごいお屋敷じゃ慣れるのに時間がかかりそうです」

空白を埋めるための発言だったが、一瞬、三浦はもの言いたげな顔になった。しかし、すぐにこくりと三浦は頷いて無言になる。

かつては年貢となる米俵を運ぶために使ったのだろう。丘に通じる道はきちんと整備されており、馬車も上がれる程度のなだらかさだった。その緩やかな坂を上がっていくと、堂々たる威容の門が見えてくる。この坂には東西の両側から登ってこられるようになっており、村のあちこちから民が集まってきたのだろう。

馬車はなぜか、開け放たれた門の前でぴたりと停《と》まった。この門の大きさであれば馬車であっても余裕で入れるはずなのに、いったいどういうことか。

「村の人間はここまでと決まってますんで」

「そうだったんですか。ありがとうございます」

門の前で地面に下りたった凌平のために彼はてきぱきと荷物を下ろし、折しもやってきた使用人と思《おぼ》しき中年男に凌平を託した。

「遠くからようこそいらっしゃいました」

「これから暫《しばら》く、お世話になります」

帽子を持ち上げ、凌平は頭を下げた。

「荷物はほかの者に運ばせますんで、まずはこちらへ」

「あ、はい」

門を潜《くぐ》ると、中には目を瞠《みは》るほどに立派な日本《にほん》家屋が建っていた。瓦の一枚一枚が黒光りし、大玄関はおそらく総欅造《そうけやきづく》りだろう。唐破風《からはふ》の大玄関は、特別な客人だけが使えるに違いない。その手前にあるのは普段使う玄関で、入り口が広いのは年貢米を運ぶのに使われていたからだ。

庶民の凌平から見れば、恐ろしくなるほどの豪邸だ。

家の造りが立派なだけでなく、いったいこの家は何部屋あるのだろうか。どこまでも屋根が続く広大さに、凌平は呆然《ぼうぜん》とする。

「旦那様《だんなさま》はただいま、隣村との寄り合いで留守をしております。お着きになったらすぐに離れに案内するよう申しつけられていますので、どうぞこちらへ」

下男は凌平を立派な母屋には通さず、そのまま左手にある敷地の奥へ連れていく。

どういうことだろうと不審に思っていると、相手は少し申し訳なさそうな調子で口を開いた。

「旦那様は、この家のあるじとしてご自分が案内をしたいとおっしゃっています」

「ああ、そういうことですか」

これほどの屋敷ならば、さぞや客人に自慢したいことだろう。

その少しばかり子供っぽい主張がわかるので、凌平も取り立てて違和感は覚えなかった。

「それに、お嬢様は十六のお年頃でして……」

「ええ」

娘の話を出されて、凌平は眉根を寄せた。

「茜《あかね》様のことを、旦那様はそれはそれは大事になさっているんです。福岡様は都会の大事なお客人ですから、茜様も……」

こんな風に歯切れの悪い調子で皆まで言わずとも、この家のあるじの懸念はわかった。

要は、二人が恋仲になるのを恐れているのだ。

当然凌平だって、迂闊《うかつ》に村長の一人娘に手を出して、工場誘致に関する意見を左右されるのは避けたい。距離感を保つように村長が願っているのであれば、その意向に沿うのは当然だ。

「お食事や風呂《ふろ》はほかのご家族と一緒なので、離れとの往《ゆ》き来《き》はご不便でしょうが……」

「かまいません。家を無償で提供していただいたうえに、何から何まで面倒を見ていただくのは申し訳ないくらいです。それに、研究に没頭できますから、このほうが気兼ねなく過ごせて有り難いですよ」

凌平が人好きする笑顔を浮かべると、相手はほっとした様子を見せた。

「そうおっしゃっていただけると助かります。実際には母屋から移動できますが、あそこに見えるのが湯屋《ゆのや》です」

「はい」

都会では銭湯が当たり前なので、作り付けの湯屋は凌平の目に新鮮に映った。

「厠《かわや》は離れにもありますので、ご安心ください」

遅くまで技術書を読むこともあるだろうし、家の誰かに気兼ねしながらいちいち過ごすのは面倒だ。敷地の奥は蔵、離れがあるようだ。

さすがもともとは庄屋だっただけあり、白塗りの蔵が何棟も建造されている。まさに金銀財宝が溜《た》め込《こ》まれているのだろうかと子供っぽく感心しながら歩いていると、ちらちらと下男が気がかりそうに振り返ったので、凌平はできるだけ歩を早めた。

この屋敷は山の中腹を切り開いたようで、眼下に村を一望できる。背後も山になっており、蔵の奥には斜面が迫っていた。

「こちらです」

案内されたのは敷地内の外れにある平屋だった。部屋数は三つか四つというところか。それでも、一人で暮らすのには持て余しそうな十二分の広さだ。火鉢が用意されていたので、部屋の中は思ったよりもあたたかくてほっとした。だいぶ疲れていたので、夕飯の時間までは一休みしたかった。

「こちらは、もともとは旦那様の爺様《じいさま》が、隠居なすっていたところと聞いております」

「ありがとうございます」

「食事は朝は七時、夜は六時頃ですが、今日はお客様の歓迎をなさるので忙しくしております。また、支度ができましたら呼びに参りますんで」

「では、お言葉に甘えて荷解《にほど》きをさせていただきます」

「何かありましたら、ご面倒でしょうが母屋においでなすってください」

厠のことを聞いていたので、ほかに知りたいことは今は思いつかなかった。あとは、家の案内をしてもらったときにおいおい質問すればいい。

すぐさま下男が姿を消したので、凌平は先に届けられていた箱を開ける。中身は本ばかりだったから、馬車から降ろして運んでおいてくれた人物は、さぞや重かっただろうと苦笑した。

……ん?

そのとき、どこからともなく何か細い声が聞こえた気がして、凌平は視線を上げる。

歌、だろうか。

美しい声が気になり、立ち上がって障子を開けて外を見たが人影はない。ただ、遠くに白く塗られた土蔵が建ち並ぶばかりだ。暫く目を凝らしていたが、土蔵の狭間《はざま》から誰かが顔を見せる様子もなかった。

気のせいか。

こんなうら寂しい環境で過ごすのは初めてなので、少し過敏になっているのかもしれない。

両親共に三代前からの江戸っ子で、自身も帝都生まれの帝都育ちの凌平は、田舎で暮らすのは初めての経験だ。上手《うま》く馴染《なじ》めるかどうか、そればかりが心配だった。

ともあれ、まずは荷解きだ。

凌平は座敷のうちで西日の当たらない部屋を選ぶと、そこに実験道具を置くことにした。昼間は材料の採集に勤《いそ》しみ、夜間はここでできる実験と研究をするつもりだ。

それから、書物のたぐいもここでいい。

もう一つの部屋で寝起きすれば足りるので、広すぎる離れを完全に持て余してしまうと苦笑し、手近にあった座布団を枕に火鉢の傍らで横になる。

見上げた天井裏の梁《はり》は煤《すす》けているが、さほど古くはないだろう。あれで紙を作ることができないのだろうかとぼんやりと考えつつ、凌平は重くなった瞼《まぶた》を閉じた。


食事の前に、凌平は改めて母屋を案内された。

「旦那様がまだお帰りではないんですが、必要なところはお教えしなくてはいけませんので、差し支えないところだけを」

「ありがとうございます」

母屋は隠居よりも格段に古く、どこか迫力があった。昔ながらの作りの農家で、広い土間では納められた年貢米の米俵を積み上げて計量したのだという。

大柄な凌平の腕でも一抱えはあるだろうかという太い梁は囲炉裏《いろり》の煙で燻《いぶ》され、黒光りしている。屋根裏は様々な農具を納めているそうで、社交辞令ではあろうが見ていくかどうかを尋ねられたので、有り難く見物させてもらった。

都会の人は何でも珍しいのですねえ、と言った下男の言葉が本心なのか嫌みなのかは、正直なところわかりかねる。

「今はそんなに使用人もおらんようになったのですが、昔はあの大釜《おおがま》で二つ、米を炊いたとか」

下男がそう言うのを聞いて、和服に着替えた凌平は無言で頷いた。

正直、帝都で暮らしていた凌平とは生活様式も何もかもが違うのだ。

「さ、こちらが茶の間です。武家ではありませんから、客間のようなものはないんです」

「かまいません。どうかお気遣いなく」

生活空間に必要のない場所は用意しないというのは、理に適《かな》っている。

囲炉裏の前に置かれた藁で編まれた敷物に座るように促され、そこで緊張しつつ背筋を伸ばす。すると、すぐに「やあやあ」と明るい声を上げて立派な着物を身につけた中年の男が近づいてきた。

「あなたが福岡さんですか」

「はい、はじめまして。福岡凌平です」

如何にも精力的に動き回りそうな男は、この家のあるじだという。彼は凌平の前に膝を突くと、かしこまった様子で頭を下げた。

「十和田茂郎《しげお》と申します。このたびは、帝都からよくおいでくださいました」

「これから暫く、ご厄介になります」

茂郎ははっきりとした目鼻立ちに、厚い唇が印象的で少し暑苦しい顔立ちをしている。如何にも地方で成功した庄屋という感じの、自信が溢《あふ》れ出《だ》すような面差しだった。

「いやはや、冨田君は高校の頃からの知り合いでしてな。私は松本《まつもと》の高校に行ったものですから」

「そうでしたか」

「彼が帝都に行くと言ったときは淋《さび》しかったものですが、故郷に錦を飾るつもりで、こうして工場の建設を進めているとか。有り難いことこの上ないですよ」

「あ、いえ……失礼ながらまだ工場を建てるとは決まったわけではありません。この土地は候補の一つですから」

ここで言質《げんち》を取られては厄介なので、凌平は慎重だった。

「ええ、ええ、わかっていますよ」

ははと空気が震えるほどに迫力のある声で笑い、茂郎は凌平の肩をがっちりとした無骨な手で叩《たた》いた。

「ですが、可能性がないというわけでもないでしょう。現にこうやって、福岡さんが現地調査にいらしてくださったわけですからね。……ささ、どうぞ一献」

「ありがとうございます」

無骨な掌《てのひら》で徳利《とっくり》を手に取った茂郎が、凌平の盃《さかずき》に冷酒を注ぐ。

「本当は燗《かん》がよいのでしょうが、まずは冷やで。こちらは地元の名産でしてね」

促されるままに酒を口に運び、凌平は大きく目を見開いた。

「うん、これは旨《うま》いですね」

すっきりとした飲み口の酒は、じわりと臓腑《ぞうふ》に沁《し》みる。凌平の反応を満足げに見て取り、茂郎は厚い唇を捲《まく》って笑った。

「汽車があれば、帝都にも出荷できますからねえ。最初に鉄道の駅を誘致したのも、それを狙《ねら》ってのことですよ」

貨物列車さえあれば、ここで作った品物を帝都に出荷するのも簡単だ。そこを狙って汽車の路線を誘致したのかと、茂郎の抜け目なさに凌平は感服した。地方によっては、汽車の騒音やよそ者が来ることを恐れ、鉄道院《てつどういん》が予定するとおりには線路を敷設できなかったところも多いと聞く。その点、この茂郎という男は英明で、損得勘定をするのがさも上手そうで抜け目もなさそうに見えた。

何よりも、汽車による輸送の効果は明白だ。奥に控えている彼の妻と娘が身につけた派手な銘仙は、このあたりでは着ている者がほかにいないはずだ。事実、行き交う人々は皆が野良着姿で、こんな派手な着物の人物は見当たらなかった。

「どんな料理でおもてなしするか迷いましたが、まずはこの地方ならではの無骨な料理がよかろうと思いましてな」

野菜や茸《きのこ》と一緒に煮込まれている肉からは、不思議な匂いがする。興味津々の顔つきで鍋を覗《のぞ》き込《こ》む凌平に対し、茂郎は呵々《かか》と笑った。

「猪《いのしし》ですよ」

「猪」

「ええ。このあたりでは昔から狩猟が盛んでしてな」

さすがに猪の鍋を食べるのは初めてで、これは滅多《めった》にない経験だと凌平は嬉しくなった。

「それは嬉しいお気遣いです。知らない土地に行けば、珍しいものを食べられるのも醍醐味《だいごみ》ですから」

「ねえ、それよりお父様《とうさま》。そろそろ私たちを紹介なすって」

膝で近づいてきた美しい少女が、焦《じ》れた様子で茂郎の裾を引っ張る。

如何にも脂ぎった茂郎と親子とは思い難い、みずみずしい果実を思わせる少女だった。

ふっくらとした頬は薔薇色《ばらいろ》で、突《つつ》くと弾《はじ》けて果汁が零《こぼ》れる水蜜桃《すいみつとう》のようだ。

確かに下男の言うとおりに美しくはあるものの、それは凌平の望むものとはまったく違う。何よりも、彼女の弾けんばかりの明るさはひどく健全だ。

そのことに落胆と安堵《あんど》を覚え、凌平は自嘲《じちょう》する。

まったく、己はどこまで理想が高いのだろう。

自分の望む美は、まだ見たことのないもの。誰にも真似《まね》のできない、美神の顕現だ。

「これはいかん。福岡さん、あれが私の妻の、ひで。そして一人娘の茜です」

離れた場所に座していたひでは無言のまま、深々と頭を下げる。手をついた茜は一度頭を下げてから顔を上げてにこりと笑い、真《ま》っ直《す》ぐに凌平の目を見た。

「茜さんですね。福岡凌平です」

「はじめまして。十和田茜と申します。数えで十五で花嫁修行中、お料理とお裁縫は得意です」

立て板に水でそう言われて、凌平は唖然《あぜん》としてしまう。

年齢の離れた自分の妹もお転婆《てんば》なほうだが、茜はもっと天真爛漫《てんしんらんまん》でなおかつ気の強さを覗かせている。村長の娘として何不自由なく育ったところが、彼女の言動に滲《にじ》み出《で》ているのかもしれない。

「何だ、茜。いきなりそれでは、福岡さんを驚かせてしまうだろう」

驚かせてしまうというよりも、既に驚いている有様だ。

「早く私のことを知ってほしいんですもの」

十代の少女特有の気楽さでそう言われ、凌平はあんぐりとするほかない。

「だってだって、思っていたよりずっと男前でびっくりしたの。お父様のおっしゃるとおり、学士様でいんてりなんでしょう？　とっても素敵だわ！　帝都のことを教えてくださる？　帝都では何が流《は》行《や》っているのかしら？　歌はどう？　活動写真は？」

インテリの意味も知らないようで、発音が覚束《おぼつか》ない。それが少し可愛《かわい》らしく思えて、凌平は茜の率直さに好感を抱いた。しかしそれは無論、異性としてではなく、妹を見るようなものだ。

「ああ、いえ……私はそういう流行には疎くて」

文学談義を戦わせるのは得意だが、茜にそんなことを求めるのはおそらく無理だろう。

「先ほど、ここに着いたときは洋装だったと聞きましたわ！　そちらも見たかったのに、着替えてしまうなんて大層残念」

さも惜しそうな口ぶりで言うものだから、茂郎もひでも呆気《あっけ》に取られている。

「私、春から市内の女学校に行っているんですのよ。たくさんの男の方とはすれ違うけど、福岡さんのような素敵な殿方は初めてですの」

頰を薔薇色に染めて言い募る茜に、かつて『図書館の君』などと呼ばれていた苦い過去を思い出したが、これも女学生時代特有の浮ついた楽しみなのだろうと自分を納得させた。

「あ、でも、勿論《もちろん》今の格好もとてもお似合い。男前は何を着ても様になるんでしょうね」

「……ありがとうございます」

「帝都にはカフェーというものがあるんでしょう？　私、女学校の行き帰りはどこにも立ち寄れなくてつまらないわ。そうでなくとも、このあたりにはお店なんてないし……宮城《きゅうじょう》も見物したいし、浅草《あさくさ》にだって行きたい。帝都のことを知りたいの」

目をきらきらさせる茜の率直さに、凌平はくすりと笑う。

「これ、茜。おまえのことは、このあいだ、善光寺《ぜんこうじ》に連れていってやっただろう」

「お寺なんてとっても退屈だわ」

如何にも少女めいた仕種《しぐさ》で袂《たもと》の裾のあたりを引っ張り、ぷうっと茜は唇を尖《とが》らせた。

浅草も一番の見どころは浅草寺なのだが——という言葉を、凌平は胸の中にぎゅっと押し込めた。

「これ、茜。およしなさいな。村には善光寺にさえ行けぬ者もいるんですよ。ここから出ていない者だっているのに」

さすがに母親のひでが窘《たしな》めにかかったので、一瞬神妙な顔つきになった茜は、ややって「そうね」と漸《ようや》く機嫌を直して笑った。

「それで、福岡さんはこの村はどう思いまして？」

「雪でだいぶ隠れてしまっているので、清浄な雰囲気を感じました。荘厳で、それでいて長閑《のどか》だ。少し寒いですが」

「今日はあたたかいほうよ。それに春ですもの。もうじき雪も溶けるわ」

帝都との温度差が理解できないようで、茜は不思議そうに首を傾《かし》げる。

「このお宅もとても立派で、驚きました」

「ふふ、ここは出ますのよ」

茜が両手を胸のあたりでだらりと垂らし、幽霊を真似た体勢を作った。

「それは怖い……ですが、この古いお宅ならそれも考えられそうですね。それに、あの蔵。このお宅には蔵がたくさんありますね」

凌平がそう口に出した途端、宴席のにぎやかな雰囲気が少し変わった気がした。

「――ええ、どうかしましたか？」

それまで若い二人の会話をにこにこしながら聞いていた茂郎が、どことなく固い口調で聞いてきた。

「学生時代に古典を読むのに嵌《は》まっていたんです。もし、何かいい古文書があれば解読させていただきたいと」

それに、古文書は貴重な情報の宝庫ともいえる。このあたりの植生についても、何かしら手がかりがあるかもしれない。凌平はできるだけ丁寧にそれも嚙み砕いて伝えたつもりだったが、茂郎の機嫌は直らなかった。

「古文書などありませんよ。あるのは大福帳くらいのものですから」

「ああ、そういうものでもいいんです。そうした取り引きの記録から見えてくるものもありますし」

笑みを浮かべた茂郎は彼の盃に酌をしたが、それを耳にした茂郎はむっつりとした顔になって首を横に振った。

「そんなもの、参考になどなりませんよ」

あまりにも素っ気ない言い分だった。

「ですが、蔵自体にも興味があるんです。私は帝都育ちで、蔵なんてものに入ったことがないものですから」

「あそこにあるのはがらくたばかり……若い方、しかも帝都の方がご覧になって楽しいものなんて一つもありませんよ」

あえてそういうものを見たいと言っているのに、どうしてここまで拒絶されなくてはいけないのだろうか。

これでは、まるで蔵に近づけたくないようだ。

凌平が蔵の中にある宝物を盗むと思っているのであれば、それは侮辱というものだ。

その誤解を解くためには、誰か同行してもらったほうがいいのだろうか。

しかし、ひでも茜も黙り込んでしまい、凌平に助け船を出してくれる様子はまるでなかった。

「それよりはここの木々を見ていただいて、工場に使えるか判断してほしいものですなあ」

「ええ」

好奇心が旺盛なほうだと自覚はあったが、どうやらこの村――少なくとも十和田家においては、それを表に出さないほうがよさそうだ。

なぜここまで嫌われるのかと思いつつも、客人として遇される以上は食い下がるべきではなかろうと、凌平は曖昧に微笑《ほほえ》んだ。

2

「寒《さむ》…」

改めて口にすると、凌平《りょうへい》はますます膚寒《はだざむ》さを感じてしまう。

けれども、挨拶《あいさつ》を交わすようになったこの村の人に言わせると、これでもだいぶ春の気配を感じているのだとか。

里山に分け入り、夢中になって試料を採集しているうちにとっぷりと陽《ひ》が暮れ、かなり気温が下がったようだ。これらは十和田《とわだ》家の下男に聞いて名前がわかればいいが、わからないと自力で探さなくてはいけない。また、地方によって植物の名前は統一されていないので、それについては要注意だった。

手つかずの山林は、凌平にとっては宝の山だ。今年は雪も例年よりだいぶ早く溶けたというし、活動をするにはさして問題はない。

けれども、こうして人気のない里山に入るとなると、道に迷わないように気をつけなくてはならないので緊張はしている。おまけに、この時期は山に入る者はそう多くはないので、迷ったときが厄介だ。それでも最初のうちは案内をつけてもらえていたので、そのときは恵まれていたといえる。

くしゃんとくしゃみをしたところで、がさがさと茂みから音が聞こえてきて、凌平は全身を強張《こわば》らせる。もしや、冬眠から目覚めてしまった熊だろうか。もう少し間があると聞いていたのだが、そんなことはなかったのか。

「あ、いたよ！」

「先生！」

下のほうから聞こえてくる声は、二つ。いずれも聞き覚えのある子供の声だ。

すぐに木立《こだち》のあいだから、好奇心を滲ませた顔つきの悪童二人がやって来た。

彼らは次郎《じろう》と勇吉《ゆうきち》。同級生同士の二人は悪戯《いたずら》好きで、都会育ちの凌平をからかって遊ぶのが楽しいようだ。少なくとも彼らより十五は離れているのに、そういった点はおかまいなしの気さくさで接してくる。

次郎は初日に馬車で迎えに来てくれた三浦《みうら》の一人息子で、村長の家の比較的近くに住んでいる。彼らは凌平に負けず劣らず好奇心満々で、今のところ、二か月しか滞在しない予定の客人を絶好の遊び相手と捉えているようだった。

ひょいひょいと小猿《こざる》のように山を登ってくると、二人はそれぞれ、凌平の近くの切り株に腰を下ろした。

「俺は先生じゃないって言ってるだろう」

両手を腰に当ててわざとらしく威厳を持たせながら言うと、彼らはけらけらと笑った。

「だって、紙を作る研究をしてるんだろ。研究するなんて、先生じゃないか」

「まあ、似たようなものか……」

何が楽しいのか、彼らはそう言って陽気に笑う。スポーツが得意な凌平も比較的身が軽いほうだが、このあたりの里山についてを知り尽くしている彼らの身の軽さには敵《かな》わなかった。

「村長さんのところ、どう？」

「茜《あかね》様、すごく綺麗《きれい》だよねえ」

「そうだな」

何の気なしに相槌《あいづち》を打つと、すぐに次郎が食いついてきた。

「へえ、じゃあ、惚《ほ》れちゃった？　茜様、お嫁さんになる？」

「綺麗だからといって惚れるとは限らないよ」

凌平の言葉を聞いて、二人は顔を見合わせる。

「ええ、そうなの？　だって不細工よりも綺麗なほうがいいでしょう。ねえ勇《ゆう》ちゃん」

「知らないよ、そんなの」

それが年相応に子供っぽくて、凌平は初めて彼らが可愛いと思った。

「ほら、あれだろう。村長さんって変わってるからさ」

「ああ……」

勇吉の言葉に、次郎は納得したような顔になった。

「村長さんは、この村でも変わった方なのかい？」

「そうだよ。だって、俺たち、だあれも、あの家に入ったことがないんだよ」

「用事がなければ家には入らないだろう？」

それだけで変わり者呼ばわりされるとは、十和田一家が気の毒だ。

「そうじゃなくてさ。前の前の代のときは、割と出入りが自由だったたってお袋が言うんだよ」

「それは庄屋の時代かい？」

「うん」

「でも、今の村長になったら、すごく変わっちゃったってさ。そりゃ、村役場があるけどさあ」

確かに、そのことは薄々感じていた。

小作人をたくさん抱える家にしては、あの家はやけに静かだし、家の規模の割には使用人の数も少ない。出入りの商人以外は来客も殆《ほとん》どないようだし、ひでは息を潜《ひそ》めて暮らしているように見えた。茜については割と奔放なようだったが、それでも、友達が遊びに来ているような様子はない。尤《もっと》も、彼女の場合は、女学校が自宅から離れていて、来たくても遊びに来られないせいもあるのかもしれなかった。

「ほらぁ、勇ちゃんが変なことを言うから、先生が困ってるよ」

「ごめんごめん」

ぺろりと勇吉は舌を出した。

「でも、そう言ってるのは俺たちだけじゃないよ。あそこのおうち、狐《きつね》と結婚したって噂《うわさ》なんだもん」

「狐……？」

凌平の脳裏を過ったのは、彼《か》の有名な安倍晴明《あべのせいめい》の伝説だ。彼の場合は、母親は葛《くず》の葉《は》狐と呼ばれる狐だった。

しかし、この日進月歩の科学の時代にある大正の世で、狐と子供が結婚をして子をなしたと言われても信じられるわけがない。

「油揚げを食べるんだよ」

「菜種油を舐《な》めるんだって」

「……狐って、ひでさんが？」

「違うよ。今の村長さんのお父さんだよ」

どちらかといえば、狐憑《きつねつ》きのたぐいかもしれない。

そのあたりを調べれば興味深いことになりそうだが、茂郎《しげお》に根掘り葉掘り聞くのは躊躇《ためら》われる。何よりも茂郎は多忙にしており、その理由は何でも製紙工場がだめだったときに備えて煙草《たばこ》産業にも乗り出すとかで、村を豊かにするための方法を考えているらしい。まさに地元の名士なのに、少々秘密主義なだけで妙な噂を流されてしまうのは、気の毒なように思えた。

「それより、先生、このあたりの木は紙になりそうなの？」

「まだわからないなあ」

「俺たちに遠慮しなくていいんだよ？　大人に言ったりしないからさ」

ませた意見を言われたが、そういうことではないので凌平は首を横に振った。

「そう簡単に結論を出せれば、苦労はしないよ。それにおまえたちだって、こんなところで道草していていいのか？　家の手伝いがあるんだろう」

「ちょっとはいいんだよ！」

「それよりあっちに変わった木があったの、見た？」

「変わった木じゃだめなんだよ。たくさんある木じゃないと材料にならない」

「だって、そんなどこにでもあるものから紙ができるの？」

「楮《こうぞ》や三椏《みつまた》じゃないの？」

彼らの疑問はもっともなものだった。

「それは和紙の場合だ。それに、手漉《てす》き和紙は産業としてはもう壊滅状態だからね。今は機械生産が主流だよ」

「へえ……」

「安定的に収穫できて、そのうえ、優れた紙にできる材料っていうのはなかなか難しいんだよ。僕たちの会社が作っているのは洋紙だから、必要にされる材料の条件がまったく違うしね」

いい加減に山を下りたほうがいいだろうと考え、凌平は自然と歩きだす。つられるように、二人も凌平の傍らにぴたりとくっついて歩き始めた。

「洋紙？」

「そう。パルプっていっても……わからないかな。ともかく、植物の繊維《せんい》と化学薬品を材料とするやり方だ。原材料の問題は繊維の質や種類に絞られるから、紙を作るときの選択肢は意外と多くなるんだよ」

「ふうん……」

難しい話題になりすぎたのか、二人の反応が鈍い。唐突に繊維などと言われても、理解できないのだろう。

亜硫酸法《ありゅうさんほう》と砕木法《さいぼくほう》を使用すると、紙を作るための原材料の選択肢が格段に増える。

数年前の世界大戦の際にパルプの輸入が一時停止されたこともあり、製紙業界は未曾有《みぞう》の活況だった。けれども現在はその反動で業界がかなりの不景気で、優秀な抄造《しょうぞう》機械が開発されたこともあり、価格競争に陥っている。

「それから、製紙には植林も必要だ」

「木を植えるのも？」

「紙のために木を切っていたら、すぐに山は丸裸になるだろう？　だから、切ったらその分、植林をする。だけど、丈夫な紙が作れる針葉樹は、材料に使えるようになるまでは時間がかかるんだ。だから、その辺の均衡が取れたものを考えなくちゃいけない」

自分なりに嚙《か》み砕《くだ》いて仕事について伝えたつもりだったが、二人はどうしたものかと顔を見合わせている。

「先生がすごいことをしてるのはわかったけど、それじゃ、時間がいくらあっても足りないってことだよね？」

「……まあ、そうなるな」

次郎の大人びた指摘に、凌平は苦笑せざるを得なかった。

世界中のどこにも存在し得ない、新しく美しい紙を作りたい。そんな確固たる目標があったとしても、成し遂げるのは難しい命題だった。

「でも、誰かがやらないといけないんだ」

「誰かって言っても、先生一人ってのはねえ。もっと手伝いの人がいないと大変なんじゃない？」

「そうだね。そのほうが有り難いんだが」

一人になると研究だけでなく、会社についての諸々《もろもろ》に思いを馳《は》せる時間もできた。

ここに凌平を派遣したのは調査をしたと既成事実を作るためで、もしかしたら、既に別の予定地が決まっているのではないか。

とはいえ、だからといって今回の調査研究の価値が損なわれるわけではない。ここでの調査は凌平の人生において、かけがえがない意義のあるのとなるはずだ。

「さあ、帰ろうか」

「うん！」

肩を竦《すく》めた凌平は、あたりを橙《だいだい》色《いろ》に染める太陽に目を細める。そして、こうしてはいられないと二人の肩をぽんと叩き、早く山を下りるよう促した。

「でもさ、先生は、何で紙なんて作ってるの？」

いきなりすべてに立ち返るような質問をされて、凌平は「ああ」と頷いた。

「綺麗な紙を作れば、そこに、綺麗な作品を書いてくれる人がいるんじゃないかと思ってね」

誰も知らない美を、見たい。生み出す手助けをしたい。

だが、誰しも未知の美とは、いったいどんなものなのだろう……？

「先生は、絵を描きたいの？」

「絵でも文章でも、何でもいいんだ。俺が求めるのは、まだ誰も見たことのない『美』なんだよ」

子供相手に熱っぽく語っても仕方ないのだが、いつの間にかそう言い募る。

「ふうん……俺はどうせなら、食べられる紙がいいなあ」

「うん。綺麗な絵よりも美味しそうな絵のほうがいい！」

即物的な願いは微笑ましく、ある意味では凌平の欲望と方向性が似ていると思えた。


はかばかしい成果は出ないまま、材料探しで時間ばかりが無為に流れていく。

新緑の季節を前に、凌平は大きな焦りを覚えていた。

様々な相談に乗ってほしくとも、茂郎は高校時代には松本《まつもと》で下宿していたので、農業や山林についての知識があまりないようだ。高校を卒業してこちらに戻ったとはいえ、今の茂郎にとっての関心事は工場誘致だった。やはり、十和田《とわだ》家が各地に持つ広大な土地をどうにかして活用し、富を得たいと願っているようだ。そのためにはただ土地を売るだけではなく、工場の経営に食い込みたいと考えているのだろう。凌平を下にも置かぬ扱いなのはいいが、端々に彼の意図が透けて見える。

茂郎に村役場の職員を紹介してもらったものの、彼らは彼らであまりにも忙しそうで、工場ができるかできないかのうちに仕事を手伝わせてしまうのは申し訳なくて頼みづらい。

実際のところ、この村での製紙工場誘致に関しては、凌平はだいぶ懐疑的になっていた。

植生については村人の手を借りてざっくりとした調査を行ったが、やはり、紙の継続的な生産に耐《た》え得《う》るほどのパルプ原料を手に入れられるかは微妙なところだ。

おまけに、再来週《さらいしゅう》には帝都にある本社で一旦会議が行われるので、報告に戻るように予定が組まれている。切符の手配をそろそろ住ませなくてはいけないが、それ以外は問題がないはずだった。

会議における報告によっては、この地での工場建設が暗礁に乗り上げる可能性もある。事実、凌平はこの土地がほかの候補地より優れていると主張できるような根拠を持ち合わせていなかった。

「ねえねえ、福岡《ふくおか》さん。この柄、どう思います？」

夕食のあとに母屋に引き留められた凌平に対し、目をきらきらとさせた茜が小さな布きれを示した。

甲高い声で茜《あかね》に問われて、凌平は「いいと思いますよ」とあまりよく見ないで答える。

夕方に敷地の中で顔を合わせた茂郎は夕食に姿を現さなかったが、普段から忙しく留守がちな当主がいないことに関しては、ひでも茜も特に気に留めていないようだった。

「ちゃんと見てください」

強い口調で促されて、凌平はまじまじとその布地に見入った。

「……いい布ですね。帝都では、こんな柄のワンピースを着る女性が増えていましたよ」

「まあ、ワンピース……」

茜はほう、とため息をついた。

「羨《うらや》ましいわ。帝都をこんな素敵な服で歩き回るのね」

無論、長野《ながの》の街中で着ていくのは茜の勝手だが、さぞや目立つことだろう。

うっとりとした目で見られても、少なくとも、凌平には彼女をこの田舎暮らしから連れ出す騎士の役割を果たすことはできない。

なぜなら、茜は凌平が愛を捧《ささ》げるべき姫君ではないからだ。彼女の健康的な美しさは、寧《むし》ろ、凌平にはあまりにも眩《まぶ》しすぎた。

「ええ、これならばきっと茜さんに似合うでしょう」

「まあ、よかった。じゃあ私、この布を注文するわ」

何の根拠もないのに、茜は帝都からやって来たというだけで、凌平の審美眼を闇雲《やみくも》に信用しているようだ。

隣町の反物屋が持ってきた布地の見本は洋装のためのもので、茜はすっかり乗り気でその布を注文することに決めていた。

「できあがったら、是非見てちょうだいね」

茜はうきうきしているものの、その頃まで凌平がこの地にいるとは限らなかった。

「どういたしまして。でも、このあたりで洋装なんて着たら、目立つんじゃありませんか？　ましてや茜さんは村長のお嬢さんなわけだし」

「だからいいのよ」

雑誌を見ながら型紙の目星をつけた茜は、ころころと声を立てて笑った。

「父はそんなものにかぶれた娘にうんざりして、家から追い出そうとするかもしれないわ」

「追い出すでしょうか。大事な一人娘ですよ。いい入り婿を取ると思いますが」

茜に悪い虫がつかないよう、見張っているだけでもこの家の連中は精いっぱいだろう。

「そんなことないわ」

茜はいやに冷ややかに言った。

「え？　ですが、すごく気を遣ってらっしゃるじゃないですか」

「ううん……そんなこと、絶対にないわ」

あまりに強い口調でだめ押しされたので、彼女が何を否定したのかわからずに凌平は首を傾げる。

何か自分は、茜の気持ちを逆撫でするような発言をしてしまったのかもしれない。

「すみません、気に障るようなことを言ったみたいですね」

「あら……いいえ、こちらこそ」

はんなりと笑った茜は、首を横に振った。

「茜さん。あんまり福岡さんの邪魔をしてはいけませんよ」

「はあい」

ぺろりと舌を出した茜に対し、凌平は「では、そろそろ」と暇《いとま》を告げて腰を浮かせる。

「羨《うらや》ましいわ。来週だか再来週には一度、東京《とうきょう》へ戻るんでしょう？　こちらにはまたいらっしゃるの？」

「さあ……ほかの土地も調査していますから」

凌平は曖昧に言葉を濁した。

今日明日のうちに凌平は自分の荷物をまとめ、信州工場を諦めるとの結論が出た場合は、帝都まで送ってもらうように手配しておくつもりだった。

工場計画が見送られたとき、いくら何でもしれっとここにもう一度戻れるほど、凌平は図太くなれないからだ。

「おやすみなさい、凌平さん」

「おやすみなさい」

母屋を出た凌平は星明かりを頼りに敷地に出ると、大きく息を吐き出す。

残された時間はそう多くはないが、二か月間、大変世話になった。せめてもの恩返しに、ぎりぎりまで努力したい。そのためにも、やはり、古い紙を見てみたかった。

勇吉や次郎は、かつてはこのあたりにも紙漉きがいたと話していた。ここで作られた和紙を見れば、何かきっかけが摑《つか》めるのではないだろうか。

大福帳でも、何でもいい。紙を見たい。

いても立ってもいられなくなった凌平は、うろうろと蔵のあいだを歩き回った。だが、どれもしっかり鍵《かぎ》がかかり、二つ、三つの蔵の錠前に手をかけた凌平はその強固さを思い知り、その場で諦めざるを得なかった。

だめか……。

「ん？」

暗がりの中、蔵の奥の斜面にある樹木が、覚えのないものに見えた。

一縷《いちる》の望みをかけて、歩きづらい雪駄《せった》で斜面を登った凌平だったが、すぐに、これはいつも目にしているものだとわかってため息をつく。

「参ったな……」

何を未練がましくしているのか。

その場に蹲《つくば》った凌平は、眼下に広がる十和田家の敷地と対照的に貧しい村の夜景を眺め、それからもう一度蔵に目をやった。

そのときだ。

蔵の窓が光り、その中で何かが煌《きら》めくのが見えた。

「え……？」

どきりとした。

先だって聞いたとおりに蔵には何もないと言われており、今の今までその中を覗こうとしたことはなかった。

だが、現に今、一番端の蔵の窓が光ったのだ。

すうっと肝が冷える。

星明かりが映ったのかもしれないが、それならば窓には硝子が嵌め込まれていることになる。つまり、蔵は意外と新しいのではないか。

忍び足でその蔵に近づいてみると、格子《こうし》で覆われた窓は淩平の背丈よりも高い位置にあり、背伸びをしても見るのは不可能だった。斜面から見下ろしたので、たまたま視野に入っただけだったのだ。

こんな時間に蔵に立ち入る者がいるとは思えないし、泥棒か何かか。火事ならば煙は出るだろうし、やはり、窃盗《せっとう》か何かだろう。

鍵が開いていれば開いていたで言い訳は立つし、開いていなければ人を呼んで開けさせればいいだけだ。それをきっかけに、少し蔵の中を見せてもらえばいい。

導かれるように淩平は表に回り、その蔵の前に立った。

ほかの蔵はひび割れていたり木戸が変色していたりするが、この蔵は戸も錠前も新品同様だ。漆喰《しっくい》の色は夜目にも白々とし、中では一番新しいのかもしれない。

「…………」

近づいてみると、大きな錠前が外され、ご丁寧に蔵の前の階段の上に置かれている。

やはり、泥棒か。

しかし、昔より少なくなったと聞いても、それなりに使用人も多い屋敷だ。誰にも知られずに鍵《かぎ》をくすねて錠前を開けるとは、どんな手練手管を使ったのだろうか。

俄《にわか》に持ち前の好奇心が頭を擡《もた》げてきて、凌平は蔵の戸を開けた。わずかばかりの不安もあったが、子供じみた冒険心の昂《たかぶ》りの前には霧散する。

ぎい、と蝶番《ちょうつがい》が軋《きし》んだ音を立てる。

蔵は温度と湿度が一定に保たれているらしく、それなりにあたたかい。

このまま土足で踏み入ると音を立ててしまいそうだったので、凌平はその場で下駄《げた》を脱いだ。

裸足《はだし》になって上がり込んだ蔵は、入り口付近には葛籠《つづら》やら何やらが整然と積み上げられている。暗がりに少し目が慣れてくると、この蔵は入り口からすぐのところに、板で作られた壁のような間仕切りがあるとわかった。

蔵に仕切りなど必要ないはずだから、おそらく、この作りは珍しいものだろう。

おそらく珍しいであろうことに床は板敷きで、夜気の冷たさが素足に直《じか》に伝わってくる。

「…………」

仕切りの向こうから誰かの声が聞こえてきたように思え、凌平は顔を上げる。

覚えのある声だった。

こんなところでいったい誰が何をしているのかという、純然たる好奇心だった。

見てはいけない。

見ないほうがいい。

なのに、足は勝手に動いてしまう。

それがわかっているのに、好奇心には抗《あらが》えない。

我ながら愚かな真似をしていると思いつつも、生来の求知心の強さが邪魔をして、凌平は引き戻す機会を完全に逸していた。

「……みちる……たまらんな……おまえのその肉……」

これは――茂郎の声だ。

認識する以前に仕切りの向こうを覗き込んだ凌平は、はっと息を呑《の》んだ。

そこには頑丈そうな格子が据えられており、その中には半裸の男性が膝を突いていた。

背格好と半分脱げた上質の着物からいって、茂郎だろう。彼は完全に出入り口には背を向けており、女性を組み敷いている。

「さすが、あの女の子供だな……」

息を乱す茂郎は、相手の躰《からだ》に存分に己の肉塊を打ち込む。まさに欲望のままという風情で、見るからに一心不乱だった。

よくよく聞けば衣擦《きぬず》れや人が動く音が、蔵の空気を震わせている。

茂郎から少し離れた場所には、硝子で覆われた古いカンテラが置かれていた。その傍らには鏡があり、その反射が何かの加減で窓にちらちらと映り、凌平を呼び寄せたのかもしれない。

この場には不似合いな立派な寝具に寝かされた女は、正妻のひでではないだろう。

こちらにも見えた足は仄《ほの》かに白く、膚にはみずみずしい張りがある。

薄闇の中に紛れたわずかな星明かりを映し、何かがのたくっている。よくよく見ればそれは女性のぬばたまの見事な黒髪で、長い髪が蛇のようにうねっているのだ。

黒地に羽を広げた鶴《つる》と扇の図柄の派手な打ち掛けを身に纏《まと》う女の顔は、明かり取りの窓から落ちる月の光に照らされている。

「！」

雷に打たれたような衝撃を覚え、凌平は彼女の顔に釘付《くぎづ》けになった。

そのうえ、女と目が合った。

女というよりは、少女というに相応しい年齢かもしれない。

ともかく出歯亀に気づかれた凌平の心臓は止まりそうになったが、彼女は特に声を上げたりすることはなかった。

代わりに、女は唇を綻ばせたのだ。

この逢《あ》い引《び》きに不釣り合いなほどに、無邪気な笑顔。

ぎょっとした凌平は咄嗟《とっさ》に自分の口許《くちもと》を押さえ、声が漏れぬように必死で心がけた。

それでも、目を逸《そ》らせない。

彼女の瞳はあたかも深淵《しんえん》の如くくろぐろとしており、どこまでも吸い込まれてしまいそうだ。

無論、それは錯覚だ。

この距離であの深い色味の目がわかるわけがないのに、そのまま引き込まれていくかのようだ。

第一、そんな顔をされたら茂郎に気づかれるのではないか。

不安を覚えたもののそれは杞憂《きゆう》で、女の首の付け根に顔を埋め、夢中になっている茂郎は肝心の相手の反応には無頓着だった。

「みちる……」

荒い息遣い。蒸すように熱せられた空気。

目を離せないほどに、その人は美しい。

切れ切れに息を吐き出しながら、女は親子ほども歳が違うであろう茂郎に抱かれている。雄に嬲《なぶ》られる女性のあまりの美しさに、凌平はそれが絵ではないかと思ったほどだった。

3

「福岡《ふくおか》さん。裏の次郎《じろう》だけど、すっかり元気になったそうですよ」

十和田《とわだ》家の母屋において下男と話をしていたところ、顔を見せたひでの言葉に、「それはよかった」と凌平《りょうへい》は相好《そうごう》を崩す。

「主人に代わってお礼を申し上げます」

「どういたしまして」

近頃、次郎の顔を見ないと思っていたところ、彼は二日ほど前に急に腹を壊し、食べ物を何も受け付けなくなったのだ。この村には医者もいないので困っていたが、凌平が常備薬として持っていたういろうを与えたところ、見事に治ったのだった。

「帰りも是非馬車を出すそうなので、声をかけてほしいとか」

ひでがそう続けたのは、凌平が帰京する日が迫っているからだった。

「帰りも？」

「ええ。朝でも、夜でも、お好きなときに」

「それは有り難いですが、汽車の時間は限られていますよ。折角《せっかく》だから、村の見物でもして帰りましょうか」

凌平の冗談を聞いて、ひでは珍しく笑みを浮かべた。

「旦那様はいつお戻りですか？」

「三日はかかるそうですねえ。ついでと言っては何ですが、仕事の話もしに行ったとか」

茂郎《しげお》は急な法事で留守をしており、どうせ市内に出るのであれば仕事の用事も済ませてくるつもりのようだ。そして茜は風邪を引いてしまい、すっかり寝込んでしまっている。

「そうですか。茜さんがいないと静かですね」

「本当にあの子は、お転婆で……」

皆まで言わず、ひでは困ったように言葉を濁した。

「じゃあ、また日取りが決まったらお願いしますね」

「あ、はい」

切符は三浦《みうら》に頼んで買ってもらっていたので、週明け早々の帰京は揺るがない。

今のうちに、採取した試料についてと植生についてまとめておくつもりだった。帝都に戻ったら忙しくなり、報告書をまとめる時間がなくなってしまうのは目に見えていたからだ。

繕い物をするというひでを茶の間に残し、凌平は母屋を出て自分の部屋が用意された離れへ向かう。

埃《ほこり》っぽい地面を踏みしめる下駄の音が、誰もいない庭に響く。

さらさらと風の流れる音がするのは、裏の竹林からだろうか。

すべてが死に絶えたように静かな空間を歩いているうちに、例の蔵が目に入った。

静かだ……。

壁にぴたりと耳をつけてみたが、茂郎が留守であるためか、あるいは分厚い壁のせいか、音は少しも漏れてこない。

これだけ多くの蔵がありながら、そのうちの一つに命ある宝物が隠されているとは、いったい誰が考えるだろうか。もしかしたら、ほかの蔵にも茂郎の愛人が隠されているのかもしれないが、下男たちの様子を見ていてそれはないだろうと確信に至った。

下男たちは朝夕の二度、蔵に食事を持っていく。厠も備えられているらしく、そのあたりの世話もしているようで、日に数回は人の出入りがあった。

そこまであからさまなのに、どうして、自分一人は何も気づかずにいたのだろう。

監禁など、非人道的な行いも甚だしい。おまけに蔵のような陽も当たらない不衛生な環境に置くとは、どうかしている。

だが、一方で仮にあの女性が病であるならば、それが私的監置として法的に認められているのも事実だった。

そのどちらなのかは、無論、凌平には知り得ない。

いずれにしても、公然と囲われている愛人の存在を誰かに聞くほど、凌平も愚かではなかった。

無論、子供の次郎と勇吉にはそのあたりの事情がわかるはずもないと予想していたので、彼らに尋ねるような馬鹿《ばか》な真似をするつもりはなかった。

そうだ。如何に非人道的な監禁がなされているとはいえ、忘れてしまったほうがいい。

都会の人間の正義感を剝《む》き出《だ》しにしたところで、それはその土地に住む人間には受《う》け容《い》れられないことが多い。郷に入っては郷に従えというではないか。

だが。

あのほっそりとした佳人の面影が、脳裏にはっきりと焼きついてしまっている。

美しかった。何よりも強烈に、苛烈に、忘れられないほどに。

「…………」

ぞくりと背筋が震える。

人道とか、倫理とか、そういうものは糞食《くそ》らえだ。

言い訳なんていらない。

単《ひとえ》に、もう一度見てみたいのだ。

そうでなくては、自分で自分が信じられない。

あれほど美しい人が実在するわけがない。よもや、慣れぬ田舎暮らしに疲れ果てた凌平の妄想ではないのか。

己の精神状態すら信じられずに悶々《もんもん》としているうちに数日が経過し、件《くだん》の法事で茂郎と茜が急遽《きゅうきょ》家を空けることになったのだった。

こうなるともう、これが運命ではないかとさえ思えてくる。

否《いな》。

それを運命でなくするかどうかは、凌平自身にかかっているのだ。

下男の一人が蔵の麗人に昼食を運び、ややあって食器を手に戻ってきたのを機に、凌平は行動を開始した。

昼間だというのに、我ながら舌を巻くほど大胆な行動だった。

……みちる。

そうだ、みちると呼んでいたな。

どういう文字を書くのか、凌平にはわからない。

ただ、それはとても美しい名前のように思えて、時折舌の上で転がしてみた。

蔵の錠前は一見するとかかっているように見えたが、じつは、使用人たちはいちいち閉めてはいなかった。

重い鍵を開けた凌平は、跫音《きょうおん》を忍ばせて中に滑り込む。

このあいだは床がとても冷たかったので、凌平はポケットに入れていた靴下を穿《は》いてそっと蔵の奥へ向かった。

淡い陽射《ひざ》しが明かり取りの窓から入り込み、思ったよりもそう暗くはなかった。

「……だれ」

細い声が鼓膜を擽《くすぐ》った。

あれ、と凌平はささやかな違和感を覚えて、一瞬立ち止まった。

このあいだは甘く弾む息しか聞こえなかったが、今日ははっきりとわかる。

何かが違う――と。

「だれ？」

まただ。

甘ったるいような声が再び鼓膜を撫でたものの、それは、女性のものにしては随分低いのだ。

その格子は、あたかも鳥籠《とりかご》のように内側と外側を隔てている。

凌平の気配に立ち上がったのか、陽射しの差す格子の奥に美しい人形《ひとがた》がぼんやりと佇んでいた。

ああ……やはり、この人だ。

今し方抱いた違和感は呆気なく払拭《ふっしょく》され、代わりに先夜の雷《いかずち》に打たれたような衝撃が甦る。

いや、そのときよりももっと激しい感動が怒濤《どとう》のように押し寄せてきた。

「………」

言葉に、ならない。

これこそが、美中の美。

己の生涯をかけて求めてやまぬ、凌平の理想とする美神。

彼女の身長は凌平よりも低く、その体軀《たいく》は見るからに華奢《きゃしゃ》だった。抜けるように白い膚は、おそらく沁《し》み一つないだろう。年齢はどう考えても十代で、茜と同じくらいの年頃だろう。

惹《ひ》かれるように一歩近づいた凌平に対し、彼女はまるで怖がる様子も見せなかった。

もう、一歩。

「だれ？」

三度目の問いを耳にし、無造作に距離を詰めていた凌平は我に返った。

「あ、すみません。俺は凌平。福岡凌平と申します」

彼女の黒目がちの大きな目は睫毛《まつげ》が驚くほどに長い。すっと通った鼻筋に、薄い唇は赤。俗に鴉《からす》の濡《ぬ》れ羽色《ばいろ》と表現される艶やかな黒髪は、先だって目にしたとおりに相当長い。あれは夜目での錯覚ではなかったのか。

いつから伸ばしているのか、おそらく、彼女の腰のあたりまではあるだろう。

「りょ」

「りょうへい」

相手は発音が苦手そうだったので、凌平はゆっくりと一音一音を丁寧に発した。

「凌平……？」

おそらくは素膚《すはだ》に振り袖を引っかけて、腰紐《こしひも》で軽く結わえただけだろう。

あられもない格好の女性は、立ち尽くしたまま不思議そうに首を傾げる。

板敷きの床の上に裾が広がる振り袖の柄は、前回と違い、赤地に吉祥文様をあしらった華やかなものだ。こんなじめじめとしたところに閉じ込めているくせに、衣裳《いしょう》だけはちゃんと替えさせているようだ。となれば、蔵の入り口に積んであった葛籠やら何やらの中身は、彼女のための衣裳なのかもしれなかった。それにしても、茂郎はこの美しい人を彩るのに熱中しているようだ。どう見てもその着物は、茜のものより高額のように思えた。

「茂郎の、兄弟？」

拍子抜けするような質問をされ、凌平は初めてくすりと笑う。

「まさか」

いくら何でも年齢がまったく違うのだが、この薄暗い蔵にいては他人の年齢など見分けがつかないのかもしれなかった。

「子供？」

「それも違う」

言葉遣いがあまりかしこまったものだと、逆に警戒するかもしれない。そう考えて凌平は、いつも子供たちと接するようなくだけた語調に変化させた。

凌平があっさりと首を横に振ると、少女はかたちのよい眉《まゆ》を微《かす》かに顰《ひそ》めた。

その変化すら悩ましく、彼女の表情に凌平は見惚れてしまう。

ああ、どうしてなんだろう。もっとこの人のことを知りたい……。

「それなら、何？」

「つまり、客だ。この家に滞在させてもらっているんだ」

「ふうん」

今度は不思議そうに目を丸くする。彼女の表情の一つ一つや、思いを代弁するように動く指先から、どうあっても目を離せない。

長い睫毛で縁取られた二重の目は、まるで夢を見るように潤んでいる。

「それよりも、君の名前を教えてほしい」

「みちる」

「みちるさん……やはりそれが名前か」

無言のまま彼女が微笑むと朱《あか》い唇が綻び、その隙間《すきま》から小ぶりな真珠の如き白い歯が見え隠れする。ここまでの美貌《びぼう》を保つのは、相当な手入れが必要だ。であるならば、おそらく茂郎は彼女をとても大切にしているに違いない。

誰にも見せないように、この美しい人をしまい込んでいるのだ。

「どういう字を書くんだ？」

「エイ」

「エイ……？　ああ、盈虚《えいきょ》の盈《えい》か。月の満ち欠けを示す言葉だな」

「うん」

「綺麗な名前だ」

月の満ち欠けを表す盈虚という文字から取られたその名は、なるほど、至極美しい。

「歳《とし》は？」

「十六……？」

あまり自信がない様子で、盈は再び首を傾げる。

それならば茜とほぼ同じ年齢かとすぐに思いついた。お転婆な茜よりも遥《はる》かに子供じみているが、その圧倒的な美しさは彼女の比ではない。

何よりも盈のあどけない居住まいそのものに、奇妙な色香があった。

「いつから君は、ここにいるんだ？」

「ずっと」

想像以上に重苦しい言葉を返され、凌平は背筋がひやりとするのを感じた。

十六年の人生のうち、いったいどれほどの時間を、彼女はここに閉じ込められて暮らしてきたのだろう。

「生まれたときから？」

「ううん。昔は、外にいた。そのあと、ここに来た」

「そうか……」

話しているうちに感じ取ったのは、盈の醸し出す何とも言えぬあどけなさだ。稚《いとけな》さとでもいうのだろうか。

会話としては茜と話しているほうがよほど弾むのに、盈のやわらかな声は、なぜか凌平を惹きつけてやまない。

いや、惹かれるなどというそんな生やさしいものではなく、完全に視線を奪われていた。

盈の指。唇。目。睫毛。肩。膝。

どの部分をとっても、何もかもが恐ろしいほどに完成されている。たとえば鼻のかたちが左右対称でなかったり、人間はどこかに歪さがある。しかし、この少女に限っては、そんな不調和を生み出しそうな要素さえも、その麗容を引き立てる要因となっていた。おかげでひたすら彼女に見惚れてしまい、ここから立ち去れそうにない。

ただ美しいだけの女性ならば、凌平とて帝都で何人も目にしたことがある。

だが、盈から感じるのは強烈な無。あるいは、無垢とでも表現すればいいのか。

匂い立つような色香はないのに、その何もないところがかえってそそるのだ。

雛に無垢な美姫なんているはずがない——親友の意見を真っ向から否定したことを、どうやら謝罪しなくてはいけなくなりそうだ。

格子を摑んだまま立ち尽くす凌平の手に、盈が何気ない様子で自分のそれを重ねる。

「ッ」

想定外の真似をされて驚きのあまり躰が強張ったものの、重ねられた手を引き抜くつもりにはなれなかった。

あたたかい……。

わずかに湿ったような膚から這《は》い上《のぼ》る熱に脳をも溶かされ、眩暈《めまい》すら覚える。

この激しい情動には、覚えがある。

脳を痺れさせ、下腹を灼《や》くような征服欲。

男としての抗《あらが》い難《がた》い欲望を突如として自覚し、凌平ははっとした。

だめだ。

唐突に込み上げてきた危機感から思わず彼女の手を払いのけると、盈は力を失った人形のようにふらつき、その場に尻餅《しりもち》を突いてしまう。

「あ、すまない！」

声を上げた凌平が盈の様子を見るために、格子に躰を密着させたので、盈は今度は足首のあたりを布の上からひたと摑む。

「平気」

こちらを見上げた盈の襟元から、仄白《ほのじろ》い膚が見える。

そこにあるはずの膨らみが見えず、凌平は凝然《ぎょうぜん》とした。

——まさか、この子は。

だが、女性の胸元を覗き込むのはよくない行為だと知っていたので、凌平はすぐさま視線を逸らす。

胸の小さな女性だということもあり得るのだし、それだけを判断基準にするのは早計だ。

膝を突いて上体を起こした盈は格子からするりと手を伸ばし、凍りついたように動けない凌平の腿《もも》に和服の上から触れる。そして、突然、想定外の言葉を口にした。

「したい？」

「は？」

ここにおいてその三文字が何を指しているのかは、すぐに察した。彼女は淩平の心の動きを知っているかのように、あどけなく尋ねてきただけだ。

けれども、その言葉に惑わされてはいけない。

「私と」

囁《ささや》くように言葉を吐き出す朱唇《しゅしん》が生き物のようにぬめぬめと動き、それに見入らずにはいられなかった。

冷静になれ。

盈は明らかに、村長でありこの家のあるじの愛人だ。

淩平がいくら丁重に扱われている客人とはいえ、そんな相手に手を出せば、茂郎を激怒させるのは目に見えている。あるいは脅され、工場誘致の件を進めさせられるかもしれない。

——だが。

「したいとは、どういうことだ？」

このときも、淩平の向こう見ずな好奇心が勝った。

いや、実際のところは少しでも長く彼女と会話をし、その美貌の内側に睡る本性を知りたかったのかもしれない。自分でも自分の感情を摑みきれないものの、とにかく今は彼女と少しでも話をし、共に過ごす時間を作りたかった。

「用もなくここに来る者は、誰もいない」

「俺の用事は、君に会ってみたかっただけだよ」

「……それだけ？」

盈は再び目を見開き、凌平の双眸《そうぼう》を射貫《いぬ》くようなまなざしで見つめてくる。

「だいたい、君は誰にでもそう言うのか？　君は、村長の……この家の旦那様の持ち物なんだろう？」

「私は誰のものでもない」

渦巻くような髪の上に腰を下ろした盈は、ゆるゆると首を横に振った。格子を挟んだ反対側に凌平もまた座し、じっと盈を観察する。

こんな風に囲われているくせに、誰のものでもないというのは意味がわからなかった。

「じゃあ、君は誰のものなんだ？」

「神様」

「え？」

虚を突かれた凌平は、短く聞き返してしまう。

「ほかに何があるの？　人は神様のものなのに」

そうは言われても、凌平にとって神様とは画題に使われる程度の認識しかなく、そこまで身近な存在ではなかった。八百万《やおよろず》の神を指しているのかもしれないが、そもそも、凌平は宗教については不勉強だ。

「それなら、君はどうしてここに閉じ込められているんだ？」

「どうして……？　ここが家だ」

至極あっさりとした回答に拍子抜けしたものの、その返事を鵜呑《うの》みにはできなかった。

「これは住んでいるとはいわない。君は、閉じ込められているんだ」

春先だというのに床から冷えた空気が立ち上り、それがよけいに、凌平の心を寒々としたものにさせた。

「…………」

「それには理由があるんじゃないのか？　たとえば、定期的にお医者さんが来るとか」

少し考えてから、盈は目を伏せてひっそりと答える。

「私が病にかかっているのではなく、きっと――私が病そのもの」

淋《さび》しそうな口ぶりで告げた盈は手を伸ばして、凌平の腕を摑んだ。

「だから、ここにいる」

「そんなわけがない。見たところ君は健康そうだし、話していることだって十分にまともだ」

見たところでは、何かの伝染病を患っているわけでもなさそうだ。仮にそうであれば、茂郎が彼と抱き合うわけもないはずだ。

「こんなに綺麗な君が、病気には見えないよ」

首を振った凌平を見つめた盈は、唐突に立ち上がった。そして、帯を解いて自分の振り袖を板張りの床に落とす。

一連の動作は、流れるようなものだった。

「え」

期せずして相手の裸形《らぎょう》を目にした凌平は、今度こそ、衝撃のあまり息が止まりそうになった。

「！」

先ほどから抱き続けている違和感の正体は、これだったのか。

美しい女性だと思った盈の性別は、逆のものだった。

男——か。

端境期《はざかい》の少年が持つ特有のういういしさを備えた盈は、甘く唇を綻ばせる。

「私は、病だと」

もう一度言われた凌平は、本能的に少年の持つ病の本質を感じ取っていた。仮に盈が男の身でこの美しさを得たのであれば、それは一種のおぞましいほどの病ともいえよう。

この少年は異物。

人の世に産み落とされた、あまりにも美しい異端。

斯くも絢爛たる異常がこの地に墜《お》ちたならば、それは集団の和を乱しかねない存在となる。

けれども。

「違う」

「では、なに？」

「俺は、君を待っていた……」

待ち焦がれていた。待ち侘《わ》びていた。

たまらなくなった凌平は格子越しに盈を抱き締め、その背中に腕を回していた。

この腕にある、あたたかくほっそりとした躰。それがこんなにも凌平の胸を高鳴らせるのだ。

「りょうへい……？」

信じられない。

こんなことがあるのだろうか。己にとっての都合のよい夢ではないのか。

盈はかねてより己が求めていた、自分の手では作り上げることすら叶《かな》わなかった美の顕現。

誰かに紙の上に留《とど》めてほしいと、表現してほしいと願ったものが、この地上に血と肉を備えた現実の存在として現れたのだ。

欲しい……。

しかも、ただ手に入れたいというだけではない。理性が破裂したかのように、たった一つの欲望が姿を現し、凌平は心底狼狽《うろた》えていた。

そう——抱きたいのだ。

この少年を、この美を、この存在を手に入れたい。余すことなく自分のものにしてしまいたい。

そんな衝動に駆られたが、幸い、格子越しでは何もできようはずがない。おまけに当たり前のことだが、格子にはしっかりと小型の錠前がかけられていた。

冷静になれ。頭を冷やせ。こんな田舎で欲望に負けて、どうする。

理性を取り戻せと命じる頭脳とは裏腹に、凌平は口を開いていた。

「鍵は？」

「そこ」

小声で盈が指さした先の壁には金具が取りつけられ、そこに鍵の束が引っかけられていた。

今ならまだ、引き返せる。この鍵に手を触れなければ。

ちらりと凌平が檻《おり》の中を見やると、盈はひどく頼りなげなまなざしでこちらを凝視していた。

それで腹は決まった。

引き寄せられるように凌平はその鍵を手に取り、解錠し、格子戸を開ける。

「凌平」

その声に導かれるままに一歩踏み込み、檻の中に入り込んだ。

ここが、盈の檻。

狭い檻の中を見回すと、蔵の天井は意外と高く感じられる。そのうえ、さっきまでは気づかなかったが、枕のあたりには小型の本が置いてあった。

厚みのある本に手を伸ばしかけたが、半裸の盈が声もなく凌平に躰を擦り寄せてきたので、思わず、その身を抱き留めてしまう。

己の衣服越しに感じた肉体は、想像以上にずっとぬくみを帯びていた。

「欲しい」

「うん……」

小声で答える盈を褥《しとね》に押し倒し、まずは恭《うやうや》しくその膚に触れた。

自分の服を脱ぐのももどかしく、両手でそっと辿るように確かめたすべらかな膚はどこまでもなめらかで、傷一つない。

「すごい……なんて、綺麗なんだ……」

この肉に茂郎は触れ、歓喜したのか。

仄白い、薄い躰。みずみずしい膚。

それは確かに少年のものなのに、凄《すさ》まじい昂奮《こうふん》の前に、凌平はそんなことはまるで気にならなかった。

「どうすればいいか、わかるか？」

いくら女性に色目を使われることが多いとはいっても、男性との性交渉の体験はない。そのため、凌平は盈の肉体を前に戸惑いを覚えていた。

しかし、盈はいち早く環境に順応していた。

「ここ……」

盈が膝を立てると、殆ど意味をなしていなかった着物の裾が広がった。

「ここに、来て」

凌平の腕を摑んだ盈に導かれ、その秘めやかな園の入り口を知る。

「いいのか？」

「うん」

凌平は少年の躰を強引に二つに折り曲げ、息づくとば口に自分の楔《くさび》を宛《あて》がう。何の準備もなくできるわけがない、そう思ったのだが、驚いたことにそこは既に綻びかけている。

「挿《い》れるぞ」

「ン」

笑うように微かに首を振った盈の秘蕾《ひらい》に思い切ってそれを押しつけ、搔《か》き分《わ》けるように一息に進めた。

「う……うう……ッ」

熱い。

自分の頑健な肉体の下に横たわる盈の秘所にそれをねじ込み、未開の地に侵略を開始する。

「……すごい……」

思わずそんな感嘆の声が漏れたのは、こんなきつい肉を味わったことがなかったからだ。

職場の連中に言われるとおり、凌平はこれまで女性に不自由したことはなかった。とはいえ、行為そのものに美を見出《みいだ》せずにいたため、性には淡泊になっていたかもしれない。つまり、欲望はかなり薄いほうだった。これが大学時代の親友の友永《ともなが》には不健康だと言われ、花街と似たようなものなのだからと再三再四赤線地帯に誘われたが、そんな気分にはまったくなれなかった。

だからこそ、この肉の与える愉悦は強烈だった。

いったい何なのだ、これは。この肉は。

喩《たと》える言葉が思いつかないほどに、思考のすべてを奪われていく。

あえていうのであれば、火照った泥濘《ぬかるみ》か。

かといってただ緩やかに凌平を受け容れているわけではない。それでは単なる穴でしかなく、生きた人間である必要はないからだ。

盈の肉体の神秘は、そのきつい肉にあった。

動きを促すように軽く締め上げられ、凌平の喉《のど》の奥から声が漏れる。

「……く……ん……」

様子を窺うべく盈の顔を見つめると、甘ったるい吐息が盈の唇から漏れ落ち、その白かった頬は上気して薔薇色に染まっている。

なんて、綺麗なのだろう。

性交のあいだ、人は獣のように我を忘れると思っていたが、そんなことはなかった。

「もう少し、奥……挿れるぞ」

「うん」

痛いのかを聞くよりも前に、その内側に入り込むことを優先してしまう。

すごい……入る。入ってしまう。奥へ奥へと、呑み込まれていく。

こんなにも、簡単に。

「盈、ここ……どうなってるんだ……?」

「ふ…?」

「すごく、いい……おまえの、躰……」

眩暈《めまい》がするほどの熱に支配され、凌平の額にはどっと汗が滲む。

今すぐにでも動きだしたい衝動に駆られたが、そうでなくとも強引に挿れてしまったのに、この華奢な躰が壊れてしまわないだろうか。

少しばかり正気に返ったものの、そんな不安は、「りょうへい……」という盈のか細い声で吹っ飛んだ。

盈の瞳はうっすらと濡れた膜がかかったようで、その潤んだ目がそそる。彼もまた愉悦を感じているのは、その花茎の尖端《せんたん》に浮かぶ蜜からも明らかだ。

だめだ。どうあっても我慢、できない。

「痛いか？」

「ううん」

型どおりの質問だったが、盈は一瞬、動きを止めた。

尋ねながら凌平は突き動かされるように腰を動かしていたから、矛盾していると思ったのかもしれない。あるいは、茂郎にはない若さゆえの無謀さを感じ取ったのかもしれなかった。

とにかく、いい。たまらない。

ぬかるんだような肉の深奥が愛《いと》おしく、これを征服したくてたまらないと本能が叫ぶ。

中に出したい。出して、果てたい。

「少しは、いい…か……？」

自分でも無様だと思えるほどの必死さで楔を打ち込んでいると、着物が乱れてくる。それにもかまわず、首を左右に捩《ねじ》る少年を眺めた。褥の上で散る黒髪は、まるで蛇のようだ。

「ん…きもち、いい……」

長い睫毛を震わせて舌足らずに訴える少年の声は、脳まで痺《しび》れる阿片《あへん》の如きもの。味わったことのない薬物で喩えずにはいられぬほどの、激しい失墜。

甘くて、きつい——。

その恐ろしいほどの熱に引《ひ》き摺《ず》られ、凌平は盈の中に精を放っていた。

ただ一度の逢瀬《おうせ》で、凌平のこの村への滞在の意義は一変した。

これまで真面目に、仕事に支障のないように生きてきたことが我ながら信じられない。いや、凌平にとっては仕事こそが生き甲斐《がい》だった。なのに、その仕事を放り出し、世話係となっている使用人の目を盗み、盈と何度も交わっている。

逢瀬はほんの一、二時間ほどなのに、いつの間にかこの蔵の深閑とした空気にも慣れた。

二晩あれば、何度か往き来し、お互いの膚に馴染むにはそう問題はなかったからだ。

鳥籠のようなこの檻の中にあるのは、鏡や櫛《くし》といった最低限の身仕度のための道具だった。釵《かんざし》などもあるのにそれを武器にして茂郎を脅さなかったのなら、確かに、盈はここにただ住んでいただけなのだろう。

そして、短くはあっても逢瀬には語り合う時間もあった。

口数は少なかったが、盈は凌平の質問には答えようと努力してくれているようだった。

訥々《とつとつ》と語る盈によれば彼は物心がついた頃に母を亡くし、それからはここで暮らしているのだというう。はじめは茂郎の手で人形のように着せ替えをされるばかりだったが、前の冬から、茂郎に抱かれるようになったのだとか。

「もしかしたら、君は何か特別な役割があるんじゃないのか？　たとえば……神事をするとかそういうことはないか？」

「神事？」

「お祈りしたり、踊ったり」

「何も」

宗教的な事情があるのではないかと訝る凌平に対し、盈は簡単に否定してのけた。

盈は本当に何の理由もなく、この狭い檻に閉じ込められていたらしい。

それではこの聖書は何のためかと聞けば、これくらい分厚ければ読み終わらないだろうと、茂郎が置いていったのだそうだ。読み書きに関しては茂郎が手慰みに教えたとかで、そのことばかりは凌平も感心した。

「だけど、日々何もしないでここにいるって……君はそれを疑問に思わないのか？」

「どうして？」

凌平に膝枕をさせながら、盈は不思議そうに首を傾げる。

それだけでうねる髪の毛の感触がくすぐったく、凌平は目を細めた。

「まあ、君くらいに綺麗な人なら自分のものにしておきたくなるのかもしれないが……」

「さあ？」

よく考えたら、美醜の判断について盈が無知なのは無理もないことだった。

何しろ、彼は比較対象を知らない。

美とは何かも、よくわからない様子なのだ。

その無垢さが、また、罪深いほどの美に繋《つな》がるのかもしれない。

こうして指に絡まる髪の、表現しようのないやわらかさ。

「凌平、次はいつ来る？」

想像以上に無邪気な言葉を聞かされて、凌平ははっとした。盈は敬語が使えないので、凌平のことも茂郎のことも呼び捨てにする。そのため、早いうちから盈のことを凌平は呼び捨てにしており、それが二人の関係を親密なものに感じさせた。

「いって……それは……」

何度も手を出しておいて我ながら無責任な話だが、凌平は会議のために来週には帝都に一度戻る予定になっている。茂郎は明日にも帰ってくるだろうし、そうなればこんな風に都合よく彼が留守にすることも、こうして互いに交流できる隙《すき》が生まれることもないはずだ。

だからこそ、気を持たせるような言葉はどうあっても言えなかった。

「もう、来ない」

「こない？」

「来たくても、来られないんだ。俺は遠くから来た客で、帰る日が決まっている。君はこの家のご主人の大切な人だろうし……」

我ながら、どうしようもなく勝手な言い草だ。

どれほど罵られても仕方がないと思いつつもそう告げると、盈は「そう」とどこか無感動な調子で呟《つぶや》く。

「すまない」

「ううん」

拍子抜けするほどあっさりと許され、凌平は自分が何を期待していたのかと落胆し、自身を嘲笑《あざわら》わずにはいられなかった。

盈にとって自分は、ただすれ違った通行人のようなもの。感情が交錯することなど、万に一つもあり得ないのだ。

そう考えて自分を納得させようとしていたのに、胸が苦しい。

黙っていると不意に腿のあたりがあたたかくなった気がして、凌平は何気なく膝に視線を落とした。

涙。

行為の最中でもないのに、盈は泣いていた。

盈の瞳には大粒の涙が浮かび、彼は声もなく大粒の雫《しずく》を零《こぼ》していたのだ。その雫は凌平の衣の布地を沁み通り、この心の琴線にも触れたのだ。

「盈……？」

慌てて彼の腕を摑むようにして上体を起こさせると、その大きな瞳はやはり涙で濡れている。

「おい、どうしたんだ？」

何も言わずに盈は枕元の本に手を伸ばし、挟まれていたものを取り出して凌平の手に載せる。

半ば潰《つぶ》れかけた枯れ葉は、尖った部分などはほぼなくなってしまっていたが、おそらくは紅葉《もみじ》の残《ざん》骸《がい》だろう。

「これが、どうした？」

「あげる」

呟くような掠《かす》れたような声に、凌平は呆然《ぼうぜん》とする。

「どうやって手に入れた？」

「前に、運んできた」

「誰が？」

「女中」

「女中？　よねさんか？　それとも、きよさん？」

「もう、来ない。ずっと前だから……」

涙に濡れた頰を拭《ふ》きもせず、盈はその小さな頭を振って首肯した。

このからからに乾いてかたちもよくわからなくなったような木の葉は、盈にとって大切なものだ。

数少ない、『外』から持ち込まれたもの。

盈が唯一手にする、世界の名残。

「そんな大事なものを、俺にくれるのか？」

「そう」

何ら躊躇せずに頷かれて、凌平の心に取りつけられていたはずの制御装置が吹き飛んだ。

もう、だめだ。

己の情動が抑えきれなくなった凌平は、たまらずに盈の華奢な肢体を抱き締めていた。

放り出せるわけがない。

気まぐれで差し伸べた手をそう簡単に引っ込めたら、それは人でなしの所行ではないか。

「……………」

己は、馬鹿だ。愚かにもほどがある。

どうして、何も聞かずに諦めようとしてしまったのか。

おそらく自分は、盈が初めて出会った外界の住人なのだ。

自分だけが、盈を外に連れていけるはずだった。外の世界を教えてやれるはずだった。

なのに、凌平は自分勝手に彼を見つけ、そして、勝手に見捨てようとしている。

無言でそれに耐える盈の健気《けなげ》さに、凌平の胸は締めつけられるように痛んだ。

見捨てないための方法は、果たして何もないのか。

――いいや、あるはずだ。必ず、答えがある。

あの日の筮竹《ぜいちく》占いでも、大いなる出会いがあると予告されはしたが、その相手と別れるとは言われなかったではないか。

「こんなに大事なものをもらえないよ。でも、外へ行きたくないか？」

自分がこうして口にしていることは間違ってはいないはずだと確信し、凌平はそう提案した。

「外？」

「ああ。俺なら君を連れ出してみせる。この檻から外に出てみないか」

それでも誘いかけてみる体を取るのは、凌平のずるさなのかもしれない。

「外には、何があるの？」

濡れた瞳のままで首を傾げる盈の稚さに、凌平の心は騒ぐ。

「何もかもある。逆に、この檻には何もないだろう」

目を伏せたまま、盈は何も答えなかった。

「俺は君に、すべてを与えたい。君がこれまでに奪われてきた、あらゆるものを。外には世界があるんだ」

「世界……」

まるでその言葉を初めて聞かされたように、盈は繰り返した。

世界とは、今の盈には認識できないであろう広大無辺なもの。人とものが溢れ、そこには文明がある。少なくとも檻の中よりは豊かな彩りがあるはずだ。

「君を放《ほう》ってはおけないんだ」

それが都会人の奢《おご》りで、偏った価値観の発露だと言われても、それでもかまわない。

「行きたいと言ってくれ。ここから外へ」

「……いきたい……」

「よし」

どこか自信がなさそうに呟いたこの美しい少年を都会に連れ出して、もっと別のものを見せてあげたい。

この狭い世界から出してあげたかったのだ。


凌平の焦りをよそに、馬車の進みは遅々としたものだった。

分厚い雲の下から差してくる朝の光はわずかなもので、気温はなかなか上がらないようだ。

相変わらず、春だというのにひどく寒い。

「もう少し早く行けないんですか」

言葉尻が尖りそうになるのを堪《こら》えて、凌平はできる限り落ち着いた声音で問う。

先ほどからちらちらと荷台の盈を窺うが、彼はその場に蹲《うずくま》ったきりで、顔を上げようとはしなかった。

下界の空気に触れる不安に、盈は怯《おび》えているのだろうか。

「これでも急いでるんですがねえ」

御者を頼んだ三浦は至極不本意そうで、彼には申し訳なかったが凌平の焦りは加速する一方だった。

早くしないと、十和田家の者に盈の不在が気づかれてしまう。

正攻法で茂郎と交渉しても、盈を手放すことはないだろうと端《はな》から考えていたので、盈を外の世界に連れていくならば誘拐以外にないと覚悟は決めていた。

たとえ茂郎がいなかったとしても、いつものとおりに使用人が世話のために蔵へ向かえば、盈の不在は呆気なく気づかれるはずだ。

家長の不在に盈を攫《さら》われたら、そのままでいるはずもない。使用人たちは必死で追っ手をかけて、駅まで追いかけるだろう。

己の犯した罪の大きさを知ってはいたが、それを上回る昂奮が凌平を昂揚させていた。

罪人《つみびと》になっても、いい。

盈を手に入れられるのであれば。あの華奢な四肢を自分だけに預けてくれるのであれば。

「すみませんねえ。隣の駅までは思ったより遠くて』

「……ああ」

村の最寄り駅に向かっては、茂郎が気づいた時点で追っ手をかけるのは目に見えている。だからこそ、一駅だけでもやり過ごしたい。

しかし、長いあいだ蔵に閉じ込められていて、あちこちが衰えているであろう盈に歩けというのは無理な話だし、もとより歩けるような距離でもない。

悩んだ末に思いついたのが、村長の家の近くに住む三浦だった。もともと彼が駅まで荷物を運んでくれるはずだったので、予定よりも一日早く馬車を出してほしいと頼んだ。三浦はかなり面食らっていたが了承し、凌平が連れてきた盈を見て、どうやら女中と駆け落ちをすることにしたのだろうと結論づけたようだ。

三浦は息子の次郎の病気に際して薬を分けた凌平には殊の外恩義を感じているらしく、二つ返事で引き受けてくれた。

早くしないと、汽車の時刻に間に合わない。

「もうすぐだ。できるだけ急いでくれ」

「へい」

もう何度目か知れぬままに、懐中時計の時間を確かめる。

あと十五分。

せめて五分前に駅に辿り着かなくては、切符を買うのにも間に合わない。

ちらりと背後に視線を向けたが、荷台で外套《がいとう》にくるまった盈は相変わらず俯いており、表情はまったくわからなかった。

女装では盈の姿が目立つのではないかと危惧したものの、凌平の着物では身幅も着丈も余りすぎてしまい、かえって滑稽《こっけい》だった。仕方なく、蔵に積まれていた葛籠から一番地味な銘仙を見つけ出して着せてやったが、その上に凌平の黒いインバネスを着せているので幸い大半は隠れている。

「あすこですよ。見えてきました」

言われたとおりに、やはり小さな駅舎が視界に飛び込んでくる。

「このあたりで下りていただけませんかね」

「そうだな。ありがとう」

逸《はや》る心を堪えられぬまま、気もそぞろに礼を告げ、凌平は盈に手を貸して馬車から下ろした。

「では、わしはこれで」

「恩に着る」

見送りなどいらなかったし、三浦はさっさと現場から離れたほうがいい。軽く頭を下げた三浦に目礼すると、彼は馬車の方向を転換させて再び戻っていった。

盈はぼうっとしたまなざしで、足許《あしもと》に視線を落としている。

「こっちだ。歩けるか?」

「うん」

凌平の靴を履いた盈は、苦労して一歩一歩踏みしめるように進んでいく。盈の足に合わせて多少は詰めものをしたものの、やはり歩きづらいのだろう。

「大変そうだな」

「うん」

こくりと頷いた小さな頭を見ていると、何とも言えない甘酸っぱい気持ちが込み上げてくる。

自分の感情もはっきりと自覚できないまま、盈を連れてきてしまった。

どうすればいいのかわからず、気持ちだけが高まっていく。

駅員から切符を買い、覚束ない足取りで歩く盈の腕を引く。引っ越しのためにまとめた荷物も置いてこざるを得なかったし、研究結果を書きつけた大事なノートを旅行鞄に詰め込んだ以外は、何も持ち出せなかった。

十和田家に送ってくれとはいえないが、それも仕方ないだろう。

駆け落ちすると決めてから、半日もなかった。

そう――これは、駆け落ちなのだ。

あまりに急いでいて盈の長い髪を結ってやることもできなかったので、時折吹きつける風にその髪が舞う。

急ぎ足でホームへ向かった凌平は、駅の時計で時刻を確かめる。

五分前。

余裕ができたことに安堵し、凌平は深々と息をつく。盈を木製のベンチに座らせると、そわそわしながらホームの端で汽車が来るのを待った。

「お帰りですかな」

「ええ……」

背後から声をかけられた凌平は、にこやかに振り向いて凝然と凍りついた。

茂郎が、そこにいた。

黒いインバネスに身を包んだ茂郎は口許に薄い笑みを貼《は》りつけていたものの、目はまるで笑っていない。

「十和田さん……」

「商談先でちょうど電報を受け取りましてな」

静かな恫喝《どうかつ》に、彼がここであえて凌平を待ち受けていたのだと知った。

「二か月間、お世話になりました。何のご挨拶もせず、失礼いたしました」

通り一遍の挨拶だったが、何も言わないよりはましだろう。

「まさか、あの子を見つけ出すとは——私も油断していたようだ」

多少の自嘲が籠もった声音に、凌平は警戒心を露《あらわ》にする。

「………」

「都会の流儀は存じ上げないが、拐《かどわ》かしは罪に当たりますよ」

それくらい承知の上だ。

凌平は毅然《きぜん》と顔を上げ、村長の双眸を真っ向から見据える。

気弱なところを見せては、負けだ。

「――わかっています。ですが、無為な監禁は罪に当たるのでは？　盈は病気なのですか？」

「無論」

茂郎は厚い唇を歪《ゆが》めてから、真顔で答えた。

「鳥籠の中の魂は病んでおります」

「病んでなどいません！」

思わず凌平が声を荒らげると、汽車を待っているほかの客がびくっと身を竦ませた。

「あれは狐の子とは聞きませんでしたか」

「………」

黙り込む凌平の反応から、茂郎は凌平が既にそれを知っていると気づいたようだ。

駅のホームに二人と盈以外の姿はなく、茂郎は淡々と語った。

「よくある話ですよ。父が妾《めかけ》にした女は美しくはありましたが、村から村に流れて歌い踊る、いわば狐憑きでした。占いが佳境に入ると、誰とでも契《ちぎ》る。尤も、その女が産んだ私の弟は、十和田の血が入ったおかげかだいぶまともでした」

「そうですか」

「しかし、あの女はそうではなかった。男であれば誰でもよかったのですよ。たとえ、自らの子であろうとも」

――まさか。

茂郎が示唆しようとしている言葉に、凌平は驚愕《きょうがく》を覚えて顔を跳ね上げた。

「まさか……そんな」

そうであれば、茂郎は血の繋がった相手を凌辱《りょうじょく》していたことになるのだ。

「盈は、あなたの弟と……」

「半分は血が繋がった弟と、狐憑きの妾の子。それでも、できる範囲で可愛がりましたよ。最初は離れで親と暮らしておりましたが、あの女が死んでからはそれも諦めました。盈は学校になど行ったことがありませんし、行けば行ったで人に迷惑をかけたでしょう。あれは、このような小さい村では異物でしかない」

あまりにも凄惨《せいさん》な盈の過去に驚愕し、言葉が出てこなかった。

何よりも、それが大昔の伝説やら何やらのたぐいならともかく、何とほんの二十年ほど前のできごとなのだ。

「まあ、それも、仕方がないでしょう。あの子は生まれながらに罪を背負っている。人並みの幸せなど得られない。それを自覚させるのが、盈にとっては唯一の償いの方法です」

そんなわけがない。生まれながらの罪など、人にあるはずがない。

「どうやって償うかは、盈自身が決める話だ。何も選ばせずに閉じ込めていくのでは、盈が哀れです。俺は盈を救いたい」

おこがましい話だが、それが凌平の本心だった。

出会いなど、生涯においては何度でもある。これまでも、これからも無数の人間に出会うだろう。けれども、たった一つの魂に対しては、誰もが一期一会だ。

決然と述べた凌平の答えを完全に無視し、茂郎は「盈」と躰の向きを変え、猫撫で声で盈に話しかけた。

「盈。おまえはどうしてここを出ていく？」

立ち上がった盈は目を伏せ、数歩進む。それから、言葉もなく茂郎の手を自分のその手でそっと包み込んだ。

「どうしても、行くのか」

「うん」

揺らぐ小さな頭。

「帝都に行っても、何も見つからない。おまえの魂は、生まれながらに病んでいる」

「凌平が」

出し抜けに名前を呼ばれ、凌平はどきっとした。

「なに？」

「世界を見せると」

普段は口数の少ない盈が、それだけは明確に断言する。

嬉しかった。

何気なく発した凌平の言葉を、盈はちゃんと覚えていたのだ。

盈にはこの世界を見せたい。

生まれながらの罪など、人にはあり得ないのだと教えてあげたかった。

それを耳にした茂郎は何とも言えず苦い面持ちになり、そして、決然と顔を上げた。

「後悔しますぞ」

振り返った茂郎は、凌平に対して冷ややかな声で言い放つ。

「鳥籠の中でしか生きられない生き物は、自らの本性を知らぬものです。知れば後悔するのはあなたのほうだ」

「それでも、いい。何もしない後悔のほうが、よほど心を切り裂く。俺はそんなものに灼かれて生きるのはまっぴらです」

「なるほど。お若いですなあ」

すっと目を細めた茂郎は、やがて、諦めたように息を吐き出す。

いつの間にか降り始めた春の雪が、茂郎の黒い外套の上に散ってまるで模様のようだ。

「――それほどの覚悟があるなら結構。ならばあなたに預けましょう。鳥籠の鍵を」

意外なほどにあっさりと茂郎が引き下がったので、凌平は目を瞠った。

「え……いいのですか？」

「思えば、父があの女を後添えにしたときから、何かがおかしくなっていた。我が家が没落を始めたのも、あの頃からです」

茂郎はゆっくりと言葉を吐き出した。

「あの村は、土地がだいぶ痩せており、耕作には向いていないとされていました。滅びていく旧《ふる》い村。そこに新しい産業を興したいと思っていたのですが」

答えを返せない凌平を見やり、茂郎は苦々しげに口許を歪めた。

「なに、旧いものは滅びていくのも道理。どういう裁定をなさろうとも、恨みはありません」

遠くで汽笛の音が聞こえてきて、凌平は表情を和らげた。

「そろそろですな。それでは、お元気で」

「ありがとうございます。お世話になりました」

通り一遍の挨拶を、茂郎は殆ど聞いていなかった。

「盈、いつでも帰ってこい。おまえが帰れる場所がどこかは、おまえがよく知っているはずだ。おまえは所詮、鳥籠がなければ生きてはいけない」

頷きもせずに小さく笑った盈の前に、音を立てて汽車が滑り込んでくる。

既に興味はその真っ黒な車体に移っているのだろうか。

物珍しげに見つめる盈の目は、最早《もはや》、茂郎のことも凌平のことも映していないかのように思えた。

4

「さあ、着いたぞ」

汽車が新橋駅《しんばし》のホームに滑り込み、凌平《りょうへい》はあえて明るい声を上げて眠っていた盈《みちる》を起こした。

「ここが帝都だ」

長い睫毛に覆われた瞼が開くと、くろぐろとした神秘的な瞳が姿を現す。

「疲れただろう」

慣れない移動が大変だったのはわかっており、汽車の中で盈は殆ど寝てしまっていた。周囲の景色でも見たがると思っていたが、そこまでの元気もなかったようだ。

一方の凌平はといえば、あまりにも完璧な美少年を観察するのに夢中で、時の流れさえ忘れた。いつの間にか自分が眠りに落ちていたのやら、それさえもまったく気づかなかった有様だ。

目が覚めたら夢であってもおかしくないと思えるほどの、鮮やかな出会い。

だからこそ、こうして帝都に到着してもなお盈が自分の傍らにいてくれるのだと知った今、得も言われぬ感動が押し寄せてくる。

漸く、凌平は盈を手に入れたのだ。

駅で茂郎《しげお》と鉢合わせたときはどうなることかと思ったが、彼が帝都への状況を許してくれたことが、何よりも嬉しかった。

「ここ？」

「そうだ」

眠そうに目を擦《こす》りながら尋ねる盈は、自身の羽織るインバネスを引っ張った。

おそらく、暑いのだろう。凌平は盈を手伝ってインバネスを脱がせると、それを受け取った。自身もネクタイを外してボタンを緩めると、改めて旅行鞄を持ち上げる。

「よし、これでいい。おいで」

凌平に手を引かれて車両から降りた盈は、そこでぽかんと唇を開けた。

驚くのも、無理はない。

盈にしてみれば、唐突にまるで異世界の如き場所に連れてこられたのだ。

駅のホームからして、既に人で溢れている。おそらくこの駅にいる人数だけで、あの村の人口を超えてしまうだろう。

この光景を目にして盈が何を考えているかはわからないが、あたりをぼやけた瞳で見守っている。

——目立つな。

その中でも、銘仙を身につけた盈はうんざりするほど激しく目立っていた。地味な着物を着せているのに、そんなことも関係なく、異様なほどの存在感があるのだ。

「腹は減ったか？」

「……うん」

こくりと小さな頭を振って頷く盈に、凌平はどうするか一瞬考えてから、近くで蕎麦《そば》でも食べてから帰宅しようと決めた。

どうせ、家に帰ったところで一月以上留守をしていたのだから、米と味噌《みそ》、それに梅干しくらいしかない。ならば、先に食事を摂《と》らせたほうがいい。

盈の当面の着替えやら何やらは、明日になってから調達すべきだろう。古着屋に行けばそれなりに着るものは買えるし、問題はないはずだ。

「ねえ、見て」

「あら……綺麗な子ねえ」

ひそひそとしてはいるがあからさまな声が鼓膜を擽り、凌平は何とも言えぬ誇らしさを感じた。駅にはこれだけ多くの人々がいるのに、盈はまるで光でも放つかのように、人の目を惹きつけているのだ。

ただ、美しい——それだけで。

「あっ」

凌平と盈のあいだに歩行者が割って入り、期せずして二人の距離が開く。

その瞬間、盈は奔流の中に落ちた一輪の花のように、あっという間に人混みに巻き込まれてしまう。

「盈！」

急いで凌平は声を上げたが、間に合わなかった。

焦ってあたりを見回した凌平は、旅行鞄を片手に血相を変える。暫くうろうろしていた凌平は、ややあって、少し離れたところで見知らぬ男に絡まれている盈を発見した。

「別嬪《べっぴん》さんだねえ。お連れさんは？」

「…………」

「なら、一緒に来いや。道案内くらいしてやるからよ、お嬢ちゃん」

「盈！」

慌てて盈の元へ走っていくと、如何にも柄の悪そうな男は舌打ちをする。

「何、連れがいるのかよ。早くいいな」

着流しの男は舌打ちをして盈の肩をとんと押し、さっさと踵《きびす》を返す。

今の衝動で転びそうになった盈の躰を受け止め、凌平はほっと息をついた。

「気が利かなくて、すまない。ここは人が多いからな」

凌平はそう言うと、盈の右手を摑む。

細い……。

その肉体の深部さえも知っているはずなのに、盈の躰がこんなにも華奢で脆《もろ》いことを改めて認識し、凌平は感慨にすら打たれた。

「人が多い……お祭りでもあるの？」

「いいや。これがいつもどおりだよ。おまえこそ、お祭りを知っているのか？」

「茂郎に聞いた」

盈の発言は端的で、凌平は「確かにそうだな」と頷いた。

「だが、祭りじゃない。これが普通だよ」

少し驚いたように目を瞠る盈が可愛くて、凌平は相好を崩した。

「行こう」

盈の腕を摑んだまま漸く駅舎を抜けた凌平は、盈を駅前の蕎麦屋へ連れていく。今の人混みで盈が疲れてしまっただろうから、早く座らせてやりたかった。

「何がいい？」

壁に貼られたお品書きを眺めて凌平が問うと、盈は困ったように首を横に倒した。

「そうか、種類がわからないのか」

「うん」

「盛り蕎麦は普通の蕎麦で……」

一つ一つ説明を加える凌平に対し、蕎麦屋の店員が奇異の目で眺めている。やんごとなき身分の姫様を拐かした蛮族とでも思われているのだろうか。

そう考えるとおかしくなり、凌平は苦笑せざるを得なかった。

「んん？」

不思議そうに首を傾げる盈に対し、「天ぷら蕎麦はどうだ？」と言ってそれを二人分頼んでやる。

もともと江戸《えど》の屋台で売られていた天ぷらは、かつては蕎麦と一緒に食べる習慣はなかったようだ。それがこうして今や蕎麦と一緒に食べるのが旨いと知られ、あちこちでお目にかかることができる。

「こうやって店で食事をするのも初めてだろう？」

「うん」

何もかもが初めてのこと尽くしの盈にどう接すればいいのか、この先に迷いそうだ。

「いろいろな店があるが、ここは最後に金を払うんだ」

しかし、盈は無知なだけで愚鈍ではない。読み書きができたとしても、それなりに知性がなくては書物の内容を想像し、理解することができない。そんな状態では、聖書など読んでも面白くはないだろう。

「蕎麦を食べたことは？」

「ある」

「……まあ、そうか」

信州ならば、旨い蕎麦を食べ慣れているのも当然の話だが、天ぷら蕎麦は一般の家庭では珍しいのではないか。

ややあって運ばれてきた皿に載ったものを見て、盈が目を丸くした。

「これが、天ぷら……？」

「そうだ。食べてごらん」

おそるおそる箸《はし》で摘《つま》んだ盈は、真珠の如き白い歯で天ぷらを嚙《かじ》る。

「おいしい……」

小さな口の中に消えていく天ぷらを見ながら、凌平は「よかったよ」と相好を崩す。

「これから、旨いものをいろいろ食べよう。帝都はそういう意味じゃ、何でもあるんだ」

「ん」

つるりとした蕎麦が、その濡れた唇に吸い込まれていく。

それに不可思議な色香を感じ、凌平の心は安堵と昂奮に包まれていった。

二人乗りの人力車を見つけて御茶《おちゃ》ノ水《みず》へ向かわせると、盈はすっかりその小旅行がお気に召したようだった。

名残惜しげに人力車を見送ったりするものだから、こんな視線を受けたことはないと、凌平は少しばかり複雑な気分になった。

「さあ、我が家へようこそ」

鍵を開けて戸を開けた凌平は、盈を改めて自宅へと招き入れる。

「ここが、外の世界？」

「そうとも言い切れないが——まあ、そうかな」

盈の独特な感性を否定するには忍びなく、凌平はそれを肯定するように心がけた。

「黴臭《かびくさ》くはないが、少し、不気味かもな」

約二か月ぶりに戻る自宅は、空気が澱《よど》んでいるようだ。それでもまだ五月だったので、さほど不快感はない。これで夏場だったら大変なことになっていただろう。

凌平の自宅は御茶ノ水にあり、そこの古びた仕舞《しも》た屋《や》を借りている。大家は近所に住んでいて、長く留守をするにあたり、郵便の管理だけは頼んであった。

部屋は四畳半が二間。十和田家で借りていた隠居よりも狭い。それでも外食が多いせいで滅多に使わないがきちんと台所があり、一人暮らしには贅沢《ぜいたく》な物件だ。十和田家では板間だったので、畳の感覚は懐かしかった。

明朝は始業時間に出勤し、それから、午後は早めに戻って盈を買い物に連れていこう。

盈の荷物は例の古ぼけた聖書と着替えが数枚。これだけでは、いろいろ不自由もあるだろう。

「盈、風呂に行こうか」

「お風呂？」

戸惑ったように、盈が短く問い返した。

「そうだよ。髪も洗いたいだろう？　あそこでは躰を拭くだけだったようだし」

盈は特に返事をしなかったが、凌平は彼に新しい生活、新しい世界を教えたかった。

幸い、銭湯はこの家からもすぐそばだ。今なら時刻も早いし、湯もそれなりに綺麗なはずだ。

布団は一組しかなかったのでそれを敷いて準備すると、凌平は銭湯に行くための支度をする。それから、盈には自分の雪駄《せった》でも小さめなものを見つけて貸してやり、連れ立って近所の銭湯まで歩いていった。

「少しは道を覚えておいてくれよ」

「ん」

銭湯で二人分の金を払って男湯へ向かおうとすると、番台の老人が「だめですよ、女性はあっち」と不機嫌な顔で女湯を指さした。

「髪は長いが、こいつは男なんだ」

「ええっ!?」

驚きに声を上擦らせる老人に何となく謝りつつ、凌平は盈を連れて男湯へ向かう。脱衣場ではやはりざわめきが盈を迎え入れ、そして、彼が服を脱いだ段になって再び小さなざわめきが生まれた。

……まずかっただろうか。

最初に躰を清潔にさせることから教えたかったが、こんなに衆目を集めるとは思ってもいなかった。

「……前を隠して」

おまけに全裸で堂々としている盈に手拭いを渡すと、凌平はまずは風呂の入り方から教えてやらねばいけないと心に決めた。

「前って?」

「つまり……ここだ」

しかし、盈ほど美しい人間が前を隠すと、今度はそれはそれでやけに卑猥《ひわい》に見えた。

持ってきた石鹸《せっけん》を使って時間をかけて髪と躰を洗うことを教え、邪魔にならないように髪を結わえてやる。

一人のときに比べると、湯に浸《つ》かれるまでにやることが多くてだいぶ時間がかかってしまったが、それだけに湯船に浸かれたときは生き返るかのようだった。

「盈、おいで」

「…………」

蹌踉《よろ》めくように数歩近寄り、おっかなびっくり広い浴槽に足を入れた盈は、凌平を真似て腰を下ろす。縮こまっていた手足を見よう見真似で伸ばし、彼はやがてふわりと微笑んだ。

「どうだ？」

「気持ちいい……」

「わかるよ。特に疲れたときは、風呂は格別だ」

仄かに上気して桜色に染まった盈の膚は、肩の線でさえもとても艶《なま》めかしく見える。

いや、艶めいたものを感じるなんてさすがに気のせいだろう。

行為をしているあいだでさえも、盈から感じる野は零れんばかりの美しさだ。

艶やかさを感じるのは、いくら何でも錯覚に決まっている。

動揺のあまり盈に触れようと手を伸ばしかけたが、いきなり彼が動いてぱしゃんと湯が飛び散ったことで我に返った。

「あ……いや、少し解《ほど》けてきてしまったな」

わざとらしくそう言って、凌平は湯でびしょ濡れになった一房の髪を摘んでやった。

「これくらい、いい」

「気に入ってもらえたなら、よかった。俺も風呂に入るのは好きだよ」

「ん」

——ただ。

何だろう、このまなざしは……。

盈に向けられる粘ついた視線。

最初は美しすぎる盈への違和感だろうかと思ったのだが、それならば皆はすぐに目を逸らすはずだ。

少なくともそれが、凌平の知るこの社会での常識だ。

だが、この目は違う。ほかの客たちは明らかに盈を性の対象としているのではないか。

「………」

鈍感な凌平にもそれとわかる、遠慮のないいやらしい視線の多さにはさすがにたじろいだ。都会の人間というのはこんなにもあからさまだったろうか。それとも、盈があまりにも異質すぎて美しいからこそ、人の興味を惹いてしまうのか。

「そろそろ、出よう。あまり使っていては、ふやけてしまう」

「うん」

己の中にある基準が『美』でしかない凌平にとっては、周囲の下衆《げす》な視線に行き合ってたじろがざるを得なかった。

風呂から上がって着替えたところで、凌平は「福岡《ふくおか》さん」と声をかけられて立ち止まった。

見れば、大家の野口《のぐち》がそこに立っている。

「大家さん、お久しぶりです」

ほんの二か月前後の不在なのに、彼に会うのが随分久しぶりに思えた。

「そろそろお帰りだろうと思って、うちのかみさんと話してたんですよ」

「はい、長く留守してしまってすみませんでした。挨拶に伺おうと思ったのですが、もう時間が遅かったので……」

実際には盈に気を取られて忘れかけていたのだが、歯切れが悪く言う凌平に対し、大家はにこりと笑って首を横に振った。

「いいんですよ。それで、郵便の件。そんなに多くはないけど溜まってたんで、明日にでも届けさせます」

「あ、いえ、こちらから伺います」

信州から逃げるようにして出てきたので、世話になっている野口にも土産《みやげ》一つ買って来られなかったのが反省点だ。

郵便物は翌日取りにいくと約束し、凌平はそつなく野口に挨拶をしてそこで別れる。

これで帰れると背後を顧みた凌平は、脱衣所に盈がいないのに気づいた。

「盈……？」

もしや、混み始めたせいで凌平に気づかずに銭湯から出てしまったのだろうか。

慌てて荷物をまとめて番台に戻ると、先ほどの老人がうつらうつらと居眠りしている。

「あの」

強い声で彼を起こしたところ、老人ははっとしたように顔を上げた。

「え、ああ……いらっしゃい」

「俺はもう上がるところです。あの、俺の連れをみていませんか？」

「連れ？」

「女湯はあっちだってさっき、あなたが声をかけてきたでしょう」

苛々《いらいら》したせいで、言葉の端々が尖ってしまう。

「あ……いえ、さあ」

「あんたが寝てるあいだに出てったんじゃないのか！」

「そんなこたぁありませんよ」

寝ていたというのは認めたくないらしく、老人は口の中でぶつぶつと何かを呟いている。

凌平は自分の下駄を探し出し、それを突っかけて外へ出た。待ちくたびれて屋外に出てしまったのかもしれないが、盈が凌平の家への道筋を覚えているとは限らない。

「盈！」

銭湯のすぐ前は市電も走る大通りになっており、電停が近い。

盈を呼ぶために張り上げた凌平の声音は、折しもやってきた市電の音にあえなく掻《か》き消《け》された。

どこだ。どこにいる？

家に戻ったのだろうか。しかし、凌平でさえも覚えるのが面倒だったごちゃごちゃした街並みだ。道を覚えるように言ったものの、盈が一度で家に辿り着くとは到底思えなかった。

「盈！」

焦燥が胸を灼く。不安に駆られながらあたりを見回す凌平の耳に、大きな物音が届いた。

続けて、誰かが揉《も》み合《あ》うような不穏な声。

音がしたのは、銭湯の脇にある路地のようだ。薄暗い路地は奥に向かうほどに光が射《さ》さなくなるが、その奥から小さな声が聞こえてきた。

こんな路地には街灯はなく、意を決した凌平はそこに飛び込んだ。

案の定、薄い光の下で二人が絡み合っている。

——純白だ……。

凌平からは相手に覆《おお》い被《かぶ》さった小太りの男の背中しか視認できないが、押し倒されたほうの着物の裾から零れた純白の脚には見覚えがある。

あのときも目にした、誘惑に満ちた白い脚。

あれは何度となく愛でてくちづけた、盈のみずみずしい膚にほかならない。

「綺麗だなあ、あんた……ほんとに上物だなァ。こんな膚、女郎屋でなんかお目にかかれねえよ」

男の意図を察し、一瞬にして、頭に血が上った。

「盈！」

強い声で名前を呼ぶと、ぴくりと組み敷かれていた男の脚が動いた気がした。

これは盈本人だと確信し、凌平は男の首根っこを摑んで強引に引き剝がした。刹那、路地に入り込んだ街灯と月光のおかげで、相手の顔がつぶさに見えた。

先ほど銭湯でちらちらと盈にいやらしい視線を送っていた人物のようで、怒りに火が点《つ》いた。

盈の裸体を見ただけではなく、こんな狼藉《ろうぜき》に及んで犯そうというのか。

単純だが罪深い悪事を、盈に許せるわけがない。

「何をしてるんだ！」

「何ってよぉ…あんたもわかって…」

ふてぶてしく笑った男の肩を摑んで乱暴にこちらを向かせると、凌平はその頰に遠慮せずに拳《こぶし》を叩き込む。

「！」

勢いよく男が吹っ飛び、背にした塀にぶつかって大きな音を立てて倒れ伏す。もう一発殴ろうかと思ったが、呆然と地面に座ったままの盈に気づき、凌平はすぐさま気を取り直した。いけない。暴力を振るっては、盈を怖がらせてしまう。

「畜生……覚えてろよ！」

逃げ出す好機と見て取り、月並みな台詞《せりふ》を残して路地から逃げ出した男に「二度とこいつに手を出すな」と怒鳴りつけ、凌平は一度だけ深く呼吸をする。

そして、まだ座ったままの盈に手を差し伸べた。

「大丈夫か……？」

盈は特に答えずに凌平の手に自分のそれを載せる。

「どうしてあんな男についていったんだ」

「そう、言われたから」

その返答にわけもなくどきりとさせられた凌平だったが、きっと、己の伝言だと勘違いしたのだろうと結露音づけた。

「怖かっただろう？」

返事もない盈の薄い躰は、風呂上がりのせいかひどく火照っている。答えずとも怖がらせてしまったはずだと反省しつつ抱き寄せると、弾みで凌平の腿に盈の火照った花茎がぶつかった。

……なぜ？

「盈……」

「ん？」

小首を傾げて自分を見つめる盈の、濡れたような目。

抱きたい。

唐突に欲望を感じた凌平は、顔を近づけてその唇に触れた。

甘い。

「りょ……」

そういえば、盈と接吻《せっぷん》をするのは初めてだ。

これまでは、ひたすらにその馨《かぐわ》しい躰を貪《むさぼ》るだけだったからだ。

「ん……凌平…っ…」

舌を差し入れると、逆に、怯えた素振りで盈が舌を引っ込めようとする。

「違う。俺の真似をして」

「ん…」

もう一度舌を入れて、盈のそれを探す。緩慢な動きではあったが、凌平に見つけられた盈は小さく鼻を鳴らし、まるで猫のようにこちらの舌を舐《な》めてきた。

たまらない……。

こんなに可愛い接吻をされると、抱きたくなってしまう。

早く家に帰って、盈を抱きたい。

このほっそりとした可憐《かれん》な躰に雄の欲望を突き立て、存分に蹂躙《じゅうりん》したかった。

けれども、初日から盈を抱けば、躰目当てで連れ帰ったのではないかと本人に誤解されてしまう。

凌平は、盈に世界を見せてやると約束したのであり、果てのない爛《ただ》れた欲望に耽《ふけ》るためではなかった。


帰宅してから改めて湯を沸かし、盈の髪と手足を拭いてやった。折角入浴したのに、随分埃っぽくなってしまっていた。

今夜の着替えには凌平の浴衣を出してやり、そのまま一組しかない布団で同衾《どうきん》するつもりだった。

「凌平？」

「どうした、寝ないのか？」

「寝る？」

布団に腰を下ろしてこちらを見上げる盈の姿が、自分の腰紐を軽く引っ張る。

その仕種を見た瞬間、堪えようと思っていたはずの欲望が爆発した。

「盈……」

抱き寄せた盈は、そのままあっさりと凌平の胸に落ちてきた。

けれども、こんな風に欲望に任せてただ彼を抱くだけでは、先ほどの男と一緒だ。茂郎《しげお》と一緒だ。

抱くなら抱くで、せめて、盈を花開かせてやらなくてはいけない。

一つ呼吸をした凌平は、盈をそっと離して宣言した。

「今日はちゃんとここを解《ほぐ》してやる」

凌平はそう言って、盈を粗末な自分の布団に組み敷く。布団は少し湿っていたものの、畳に直《じか》に押し倒すよりはましだろう。

「どこ……？」

「臀《しり》だ。おまえの穴は狭いからな」

「ッ」

言いながら双丘《そうきゅう》のあわいに触れると、盈が小さく息を呑んだ。

「挿れるの……？」

「まだだよ。おまえを気持ちよくしてからだ」

「いつも、気持ちいいのに？」

「もっとよくなるかもしれない」

盈は半裸のまま上目遣いに凌平を見上げ、期待に潤んだ目でこくりと頷いた。

「うん……」

今、この刹那、盈の大きな瞳に映っているのは自分だけだ。

そう実感すると心が何とも言えず浮き立ち、凌平は唇を舐めた。

本当だったら、盈には男としての欲望を教えてやるべきなのかもしれない。本来の彼は抱かれる側ではなく、抱く側の性を持っているのだから。

だが、まず先に求めるべきはこの唇だ。

庇護《ひご》を求めるようなその黒いとろりとした瞳に誘われ、凌平は彼の艶やかな唇を吸う。

「んん…」

しとやかな処女のように慎《つつ》ましい舌を追いかけ、軽く吸い上げてやる。

「……ふ…っ…」

盈はもう感じているらしく、そっと胸に手を置くと乳首はつんと勃《た》ち上《あ》がっていた。

こんなにも甘美な肉体を持っているのに、どうして彼の至純の肉体を征服せずにいられるだろう。

「じゃあ、這って」

「はい」

おとなしく従った盈の背後に位置した凌平は、上体を倒してその臀部《でんぶ》に顔を寄せ、無防備な尾骶骨《びていこつ》あたりを舌先で舐めてみる。

「ッ」

さすがに驚いたように盈が声を上げたものの、ここでやめる道理はなかった。舌先全体で最初はそこを往復させ、盈の反応を見る。

「ふ……あ…あっ」

花園の入り口をたっぷりと唾液を載せた舌でなぞり、いったいいつになったら開門してくれるのかを舌の動きで問う。

「どうだ？」

「ここ……熱い……」

盈がそう言って下腹部のあたりを撫でたので、凌平はおっかなびっくりの己のやり方でも間違っていないのだと安堵した。

それではもう少し攻めてやろうと舌を尖らせ、ねじ込むようにして秘蕾をとんとんと叩く。

「！」

驚いたことに盈はそこから力を抜き、凌平の舌を待ち望んでいるかのようだ。舌を少し挿れてみると、入り口のところがきゅっと一度だけ締まり、凌平にあたかも挨拶をしているようだった。

「は……あ……あぁ…あふ……」

小さな蕾を解しているだけだというのに、盈は心底掻き乱されている様子だった。

「盈、もっと声を出してごらん」

「声？」

「そうだ。おまえはおとなしすぎる。悦《よろこ》びをもっと外に出していいんだ」

「ど、やって……？」

よくわからないというように、盈が少し首を傾げるのは背後からでも視認できた。盈は凌平が指先でとんとんと穴を突くだけで、過敏な調子で背中を仰《の》け反《ぞ》らせている。

「これが気持ちよければ、いいって言うんだよ。感じているんだろう？」

「かんじて、る…？」

「ここがふわっとして、もうすぐ何かを出してしまいそうってことだ。ふわふわの度合いが強くなったときは、達《い》くって言うんだ」

「………」

一息には理解できなかったようで、盈は両腕に顔を埋めてわなわなと腰を震わせていた。

「感じさせてくださいって頼んでごらん」

舌の代わりに指を差し入れ、凌平は低い声で命じる
「…感じさせて、ください……？」

自信なげに甘ったるく語尾を上げられるのも、悪くはない。寧《むし》ろ、かなりそそる。

感じることへの実感がないようで、さほど感情は籠もっていないが、盈の瞖は薄紅色に染まっていてひどく淫猥《いんわい》だ。

拐かした姫君にいけないことを教えているような、そんな錯覚。

「ん…ふ……ん……」

おまけにその唇から落ちる息は、とても、甘い。

得も言われぬ淫らさに、凌平は自分自身も熱くなるのを実感する。

今すぐにでもこれを突き立てたい欲望を抱きつつも、攫ってきた姫君を怯えさせてはいけないのだと堪える。

「綺麗だ……」

「ンン…？」

むずかるような何とも言えぬ声を出しながら、盈は凌平の指に応じて腰を左右にくねらせる。既に男を識《し》る肉体であっても、それでもなお、この肢体は愛おしかった。

「指、増やしていいか……？」

「増やす？」

「そうだ。ゆっくり解すんだ。おまえが愉《たの》しめるように……」

「…私、が……？」

「ああ」

どこか驚いたような盈の反応の理由は胡乱《うろん》だったが、彼はこくりと頷いた。

「全部、俺が教えてやる。前の——」

そこで凌平は言葉を切った。

「前のあの人が、どうやっていたか知らない……でも、俺はおまえをよくしてやりたい。感じさせたいし、可愛がりたいんだ」

「うん……」

盈は小さく首を振り、自分からへたりと布団の上で体勢を崩す。

そして躰を返すと、潤んだ目で凌平を見つめた。

「どうするの……？」

盈の性器は反応を示し、ぬるぬるとぬめっている。先走りの蜜が滴《したた》るその様に、凌平は焼けつくような欲望を覚えた。

「挿れてほしいか？」

「うん…」

舌足らずに答える盈はひどく愛らしく、凌平は目を細めた。

「俺も、おまえに挿れたい。おまえを自分のものにしたい。——こうやって」

「あ…あっ……ああっ」

膝の裏に手を当てるようにして盈の両脚を持ち上げ、めりめりと楔を呑み込ませていくと、今までは未開の処女地のように凌平を拒んでいた襞《ひだ》が、今日はまるで違う反応を示した。

「はあ……あん、あっ……はいる……」

感極まったように喘《あえ》ぐ盈の声が、とても愛らしい。

「そうだ。今日はすんなり入るだろう？」

「ん、うん……何で……？」

「おまえが愉しんでるからだ」

凌平は小さく笑って、盈の中でぐるりと腰を回した。

「ああっ!?」

途端に跳ね上がる声。盈は目許《めもと》を朱に染め、薄い唇を戦慄《わなな》かせながら悦楽を貪っている。

「ひ、ん……んんっ……」

凌平が動きを変えるたびに盈は口の中で小さく悲鳴を上げたものの、すぐにそれは甘い吐息に変わっていった。

斯くも素直に悦楽を貪るくせに、それでいて盈は快楽とは何かを知らない。どこから生まれてくるかを理解していないのだ。

数度の媾合《こうごう》でその秘密を知ったこともまた、凌平が盈の肉体に執着してしまう原因なのかもしれない。

ただ美しいだけでなく、盈は無垢だ。

無垢だからこそ、彼の美しさは雄の苛酷《かこく》な征服欲を呼び覚ます。そうして触れてみると、余人はその肉体の凄まじさに歓喜せざるを得なくなるのだ。

これぞまさに、男を悦ばせるためにある器そのもの。

だからこそ、茂郎は異母弟にあたる盈を手放せなかったのだろう。

痛々しい出自を持つ、あまりにも美しく儚《はかな》い至純の存在を。

「痛く、ないか……？」

「ん……ううん……いい……」

折角《せっかく》銭湯に行ったのに全裸に剝かれてしまうとは、盈が少し気の毒だった。こんなことをするために風呂に連れていったわけではないのに。

そう思った刹那、先ほどの小太りの男の獣のような面が脳裏を過る。

あんな男に穢《けが》されなくてよかった。ほかの男にこの美しい小鳥が触れられることを、許せるわけもない。

「盈……盈……」

譫言のようにその名を呼びつつ、凌平は己の雄槍《ゆうそう》で激しくその肉の深部を抉《えぐ》る。貫く。突き立てる。

この肉の穴に射精し、襞と襞の隙間までをも己の精液で染めていいのは、この熱く蒸れた肉を穢していいのは自分だけだ。

この美しい存在を守れるのは。

「いい…ん……」

「待て、盈。このままだと」

「なあに？」

とろりと蕩《と》けたような目で尋ねられ、外に出そうとしていた凌平はついそこに留まってしまう。

促すように肉壁が数回痙攣《けいれん》し、凌平はいつしかそこに精を放っていた。

放心状態のあと、凌平はのろのろと盈に視線を向ける。

「……ふ」

うっとりと口を半分開け、荒い息を繰り返す盈の可愛らしさに、凌平はたまらなくなってしまう。

「すまない。出してしまった」

「ううん」

ふるふると盈は首を横に振り、凌平と繋がったままの体勢で、己の平たく薄い腹を撫でた。

「お腹《なか》、いっぱいになった……」

途端に、その稚く他意のない仕種に凌平の野性が反応した。制御しようのない強烈な欲望が迫《せ》り上《あ》がり、凌平は再び盈の中で力を増していく自分を感じていた。

「悪い。もう一度、いいか?」

こうなった以上、止めることのほうが難しいとわかっていながら聞いてしまう。

「うん、何度でも…して……?」

ふわりと笑う盈を前に、凌平は途方もない感動の波に打たれていた。

ああ、自分はこの美しい人を手に入れたのだ。もう、盈は自分だけのものなのだ。

「俺のものだ……絶対、おまえを手放さない」

これからはもう、誰に憚《はばか》る必要もない。

その実感が強い酩酊《めいてい》となって、凌平を急速に酔わせていく。

「盈、まずは声を出すんだ」

「声?」

「そうだ。感じている声をめいっぱい俺に聞かせてほしい」

「うん……」

もっと喘いで、もっと泣いて、もっともっと凌平の名を呼んでほしい。

誰よりも華麗に煌めく、凌平だけの神。

あえて盈を帝都に連れ出したのは、こんなことをしたかったからではない。彼に世界を見せるためだ。

けれども、今はこの甘美で幸福な夜を、じっくりと味わっていたかった。

5

躰が、ひどく怠《だる》い。

仕事に行きたくない。

前日の汽車による長距離移動に加え、羽目を外して盈《みちる》と朝まで睦《むつ》み合《あ》ってしまったことが響き、凌《りょう》平《へい》は疲労困憊《ひろうこんぱい》していた。

そのうえ、盈は凌平の腕に取《と》り縋《すが》るようにして眠っている。

仕事に行くために斯くも小さくあたたかな存在を手放すのは、愚の骨頂ではないのか。

そんなくだらないことを考えてしまった凌平は苦笑を口許に刻み、彼からそっと躰を離した。

盈に出会えたのも、仕事があったからだ。それなのにその仕事を疎《うと》ましく感じるとは、社会人としてあるまじき話だった。

「りょうへい……？」

着替えを済ませた凌平は簡単な朝食の支度をしたが、ご飯と具のない味噌汁《みそしる》に梅干しくらいしか準備できなかった。味噌と米は傷まないだろうと踏んで、家に残しておいたからだ。昨日のうちにちゃんと買い物をしておくべきだったと反省したものの、後の祭りだった。

盈は出勤するためにきちんとした背広姿になった凌平を見、少しだけ眩しげに瞬きをした。

「飯はそこにあるから、食べておいて。午後から夜には戻るから、家からは出るなよ」

頷いた盈は乱れた褥に座したまま、腰を浮かせる仕種すら見せなかった。

「日中、退屈だったら俺の本棚の本を読むといい。最近の流行《はや》りは、ひととおり押さえている」

寧ろ、盈と二人で好きな小説について語り合えでもしたら、どれほど楽しいだろうか。

そう考えると、胸が弾む。

「じゃあ、行ってくる」

遅れて頷く盈の頭を撫でると、凌平はくるりと踵を返して玄関へ向かう。

せめて玄関先までは見送りに出てほしかったと思いつつも、そんなことを求めるのは馬鹿げているとすぐに諦めた。

これからはまた、宮仕えの日々が始まる。

それでも、家に帰れば盈がいるのだと思うだけで、混み合った市電に揺られての出勤にも簡単に耐えられた。

この先の凌平の人生は、ついこのあいだまでとは一変するという希望に満ちた予感があった。

凌平は自分の理想とする存在を、ついに己の掌中に収めたのだ。

それがどんなにか幸せなことか、凌平には予想もつかなかった。

そう考えると、見慣れた帝都の街並みも薔薇色に輝いているように思えた。

帝都に憧れていた茜《あかね》は、それでもここがいいと言うのだろうか。何でもある、この町が。

追憶したついでに小さく胸が痛んだのは、唐突に茂郎《しげお》のことを思い出したからだ。

美神を失ったあの男は、今頃どうしているだろうか。

そんなことを考えながら、凌平は丸ノ内《まるのうち》にある古ぼけたビルヂングに久しぶりに足を踏み入れる。

階段を上がっている最中に「お、福岡《ふくおか》！」と陽気な声をかけられた。振り返ると、わざわざ早足で追いかけてきてくれたのは直属の上司だった。

「久しぶりだな」

「ご無沙汰しています」

「すごいな、もう電報が届いたのか？」

「電報って何のことですか？　ちょっと事情があって、一日早く戻ってきたんです」

もしかしたら、報告会議に関して何か突発的な事態が起きたのだろうか。お世話になった十和田家に対する自分の暴挙が既に上層部に伝わっているのかもしれないと緊張し、凌平は表情を引き締めた。

「そうか。まあ、一日くらいは誤差だろうから気にするな」

不安はあったものの、上司は普段とさして変わらぬ朗らかさだったので、凌平の罪が伝わったわけではないようだ。

「でも、それなら休めばよかったのに。さすがにそれくらい、誰も気づかないさ」

「いいんです」

勿論、休みたいとは一瞬考えた。

けれども、茂郎がどんな報告を会社に入れてくるかわからなかったので、先手を打たれる前に出社してきたのだ。

電報では長い字数が打てないので最重要項目のみを電報にし、『アトフミ』と打って手紙を郵送して残りを補足する方法もある。そうされると厄介なので、電報の阻止は無理だとしても、郵便が届くまでの数日間に根回しだけはしておきたかった。

「じゃあ、今日はすることもないいんじゃないか？」

「いえ、報告書を先にまとめます」

凌平が朗らかに言うと、上司が「それがなあ」と先ほどまでの陽気さが嘘のように、打って変わって暗い顔つきで口を開いた。

「ええと……何ですか？」

あまりにも深刻そうな素振りを見せられ、不安に胃のあたりが痛くなる。

まさか、盈のことがばれたのか……？

「なくなりそうなんだよ、例の件」

「例のって、いったいどれですか？」

「それはな……ちょっとこっちに来い」

声を潜めた上司は凌平に上ったばかりの階段を下りるように促し、裏口へ引っ張っていく。外に出ると路地の狭間に人気のない場所を見つけ、彼はそこで煙草を咥《くわ》えた。

「じつは、長野《ながの》での工場建設の件そのものが、会議の前に立ち消えになりそうなんだよな。というよりも、ほぼ消えたんだ」

「ええっ⁉」

驚愕と衝撃のあまり、凌平は声を上擦らせた。

「どうしてですか⁉」

まさか、盈の件が茂郎の心証に影響を与え、態度を硬化させたのではないだろうか。

すべてが凌平の責任ではないかという懸念から血相を変えて詰め寄ると、彼は「落ち着けよ」と苦笑した。

上司は燐寸《マッチ》で煙草に火を点け、さも旨そうに煙を吐き出す。

「簡単に言うと賄賂《わいろ》だな」

上司の口から生み出された白煙が、まるで人の魂のようにすうっと空気に溶けていく。

「賄賂……？」

「そうだ。冨田《とみた》部長が、あっちの地主から賄賂をもらっていたのが発覚したんだ。連中、耕作に向かない荒れ地を、相場よりずっと高くうちに買わせようって腹だったらしい」

さも人が好《よ》さそうな冨田がそんな薄汚い工作に手を染めていたとはつゆほども思わず、凌平はまさに啞然としていた。しかも、それに手を貸していたのは十和田ということになる。

「仲間同士で示し合わせて、かなりの値段を吹っかけようとしたらしい。同級生同士だし、その辺は上手くやれると踏んだんだろう。ともかく、冨田部長の動きがおかしいって感づいた社員が調べたおかげで、ことはすぐにばれた。それで、社長はすっかりお冠だ」

落ち着いて話を聞くと比較的ありふれた話であれど、潔癖な社長には耐えられなかったのだろう。

おまけに、新しい時代に相応しい新しい紙を作るとぶち上げての新工場建築計画だったのに、自分の顔に泥を塗られたことになる。

「そうだったんですか……」

「で、部長は昨日づけで解雇。おまえのことを一刻も早く呼び戻そうってことで、昨日の夕方にはって電報を打ったはずだ」

「………」

信じ難いほどの急展開に、凌平はひどく狼狽《ろうばい》していた。

つまりは、凌平の研究はどれもが無駄だったことになる。無論、新しいパルプの原料になりそうなものは目をつけていたが、即、使えるというものでもない。もう少し研究したいと思っていたのでそれはかまわないのだが。

「おまえの調査を無にさせちまうことになるって、社長も悩んでたんだ」

「お気持ちは有り難いですが、仕方ないことですから」

まるで自分ではない他人が、自分の口を借りてしゃべっているようだ。それくらいに凌平は衝撃を受け、打ちのめされていた。

「どっちにしても、このところの不況で賃金は安いんだし、それなら、帝都の回りに作ったほうがいいに決まってる。うちの顧客の印刷所はたいてい帝都にあるからな。おかげで、候補の一つだった荒川《かわ》が頭一つ抜けた状態だ」

「そうだったんですか……」

少し気持ちが落ち着いてくると、それもいいかもしれないと思い直した。

盈を盗み出したあの村に、もう二度と行かなくて済むからだ。

無論、その命題には、盈が戻りたいと言わなければという前提が付加される。しかし、盈だって何もかもが自由な帝都で過ごすほうが楽しいに決まっている。

あとは何の憂いもなく、盈をこの帝都での暮らしに慣らしていけばいい。

そして、そのあとは？

十六歳の少年との未来は明るいもののはずだったが、かといって、凌平には具体的な予想図をまったく思い描けなかった。


両手は買い物で増えた荷物ですっかり塞《ふさ》がり、辛うじて手に引っかけている風呂敷包みは、結び目が解けた瞬間に中身のすべてが滑り落ちるだろう。

盈を喜ばせるためと、自分自身の衝撃を忘れ去るため、会社帰りに銀座《ぎんざ》に立ち寄った凌平は、久しぶりの買い物にすっかり夢中になってしまった。そうでなくとも今後の対策の会議が行われ、殆ど発言しない凌平も同席を求められ、解放された時間はかなり遅かった。

それでも、老舗《しにせ》の饅頭《まんじゅう》、団子、舶来のお菓子。盈が喜ぶであろうそういったものの一つ一つを選ぶのに一生懸命になり、結局は間に合わなかったので惣菜《そうざい》を買って帰ることにした。

電停で市電から降りると、すっかり陽は暮れてしまっている。

それでもだいぶ日は長くなっていたので、街灯の光は頼りないものであっても、歩くのに不自由はなかった。

町を行き交う人々は、それぞれにどこか嬉しげな顔で家路に急いでいる。

勿論、凌平も彼らと同じだ。

待つ人がいる峠の我が家へ帰る。

それはなんて幸せなことなのだろうか。

「ただいま」

からりと戸を開けた凌平がまず目に留めたのは、玄関に脱ぎ捨てられた覚えのない茶色い革靴だった。

凌平のものではないし、かなり大きいので大柄な人物だろう。手入れはきちんとされていて、見るからにいい品物だとわかる。

いったい誰のものだろうと考えるまでもなく、掠れたような甘ったるい声が耳に届いてきた。

「あ、あ…ん……んんっ」

えっ……？

寝間から聞こえるのは、確実に、盈の声だった。

独り遊びでもしているのだろうと考えたが、それでは、この革靴の辻褄《つじつま》が合わない。

玄関にどさりと風呂敷包みを置いた凌平が部屋に駆け上がって襖《ふすま》を開けると、そこでは信じられないような情景が広がっていた。

盈は逞《たくま》しい男の腰に両脚をきつく絡ませ、楔を打ち込まれているのだ。

「あっ、あ……あ、あん、あ……いい……いいっ」

二人で初めての朝を迎えた褥に組み敷かれて、盈は謳《うた》うように艶やかな声を上げている。

おまけに、凌平にはついぞ聞かせなかった絶え入るような甘い喘ぎも添えて。

「すごいな……さっきからどれだけ搾り取るんだよ」

覚えのある、声。

シャツとベストを着ていてもなお、男の筋肉が盛り上がっているのがわかった。いや、それが誰であるのか凌平は既に知っている。

気心の知れた友人——寧ろ、親友ともいえる人物だ。

「友永《ともなが》……？」

「あれ、凌平？」

その場に這わせた盈に雄々しいまでの男根を突き立て、大学時代の友人は照れくさそうな笑顔で振り返った。

「ちょっと待ってろ。すぐ終わらせるから」

「おわっちゃ、やだ……」

凌平に一瞥《いちべつ》もくれず、真っ向から友永を見つめて蕩けた声でねだる盈に、凌平は愕然《がくぜん》とする。

理解できない。

人の家に上がり込んで勝手に盈を抱く親友といい、それを受け容れて喘ぐ美神といい、何かがおかしくなったとしか思えない。

これはすべて、凌平の普段の行いが招いた悪い夢ではないのか。

「おい、盈から離れろ！」

耐えきれずに友永の首根っこを摑んだそのとき、不意に、盈がこちらを見た。

あ……。

麗しくも濡れた瞳に、初めて、凌平の姿が映った気がした。

盈の唇がわずかに動き、凌平はその意味を探るために行為を止めてしまう。

だめ。

だめ、と言ったのか。

そのあいだに友永は荒く息をつきながら盈にごりごりと肉茎《にくけい》を打ち込み、盈はそれを受け止めて甘く声を上げながら腰をくねらせた。

うねる長い黒髪は、あたかも蛇の如き動きを見せて褥で波打つ。

「すごい絞り込みだ……可愛いやつだな」

知っている。盈の肉体がどんな風に雄を受け容れ、酔わせるのか。

「いいか、出すぞ」

友永は終幕を見据えて苛烈な抽挿《ちゅうそう》を加え、文字どおり盈の臀に自分の躰を打ちつける。

「……ん、あ、あっあんっ、ああっ…あー…ッ！」

顎《あご》をくっと跳ね上げ、盈が派手な声を上げて褥の上で果てる。

「うお……」

おそらくは盈にぎちぎちと締めつけられたらしく呻《うめ》いた友永俊太郎《しゅんたろう》は親しい友人で、彼はこの家の目と鼻の先に住んでいる。

壮行会のときに筮竹占いに誘ったのも、勿論友永だった。

従って二週に一度くらいは顔を合わせて食事を共にする気心の知れた相手だが、だからといって、盈を抱いていいという話にはならない。

「ふ…」

小さく声を上げた友永は盈から躰を離す。

どろりとした精液が秘蕾から溢れ、盈はくたりと脱力して褥に横たわった。

「上手いなあ、よくこんなに搾り取れるな。続けざまで疲れたろう」

よしよしと言いたげに友永が盈の髪を撫でると、彼は「うん」と嬉しそうに鼻を鳴らした。

「何をしてるんだ、おまえ……」

抱き鞄を畳の上に置いた凌平は、改めて問う。

よくよく見ると友永は会社の帰りだったようで、そばには鞄と背広がまとめて置いてあった。

「何って、おまえの家の窓が開いてたろう。それで、おまえが戻ったと思って挨拶をしに寄ったんだ」

「それで、盈を抱いたのか」

信じられない論理展開だ。友人の家に遊びにいって、そこに美しい人がいたから抱く——間男の言い訳にほかならない。

「ふざけるな！」

友永の襟元を摑み、凌平はその頰に容赦なく拳を叩き込んだ。

「ってえ……」

力は加減していたものの、友永は蹌踉《よろ》めいて尻餅を突いた。

衣服も直していないので彼が惨めな姿なのはわかっていたが、頓着してやる義理は一片もない。

「なぜこんなことをした！」

仁王立ちになって怒鳴る凌平を見もせずに、盈は既に布団の上で丸くなってしまっている。

「どうしてって……話していたら、成り行きで。こんなに綺麗だから女の子かと思ったら、男だっていうだろう。脱がせてみて、驚いたの何の」

反省の欠片《かけら》も見られない。

着衣を直しながら彼は悪びれずに答え、唇が切れたせいで滲んだ血をぺろっと舐めた。

その仕種があまりにもいつもどおりだったので、凌平はかえって冷静さを取り戻す。

「いってえ……」

確かにそうだ。友永は手は早いものの、人の恋人にちょっかいを出したりしないし、何よりもわかっていて寝取るような外道ではない。

しかし、それならばなにゆえに、友永は盈に手を出したのか。

「盈は俺の……」

「ああ、勿論、最初に話はしたよ」

押し問答は御免だとばかりに、友永は凌平の主張を呆気なく遮った。

「いくらそそるからって、さすがにおまえの恋人だったら手出しはしないよ。俺だって、親友と拗《こじ》れるのは御免だぜ」

「そうしたら、盈は何と？」

言われてみれば、そうだった。盈にとって自分は何なのだろう。

そして、自分にとっては盈は何なのか。

定義をせぬままここまで来てしまったが、根源的な問題があるのだと認識した途端、何とも言えぬ曖昧な感情に支配されて凌平は言葉をなくした。

情熱に突き動かされるように帝都に連れてきてしまったが、駆け落ちというのは言葉の綾だ。

愛し合っているがゆえに盈を連れてきたわけでなければ、盈も凌平を愛しているからついてきたわけではないはずだ。

焦れた凌平は声を荒らげた。

「盈は何と言ったんだ！」

「この子は、何も言わなかった」

申し訳ないことを聞いたとでも言いたげに、友永は肩を竦めた。

「恋人なら、恋人って言うだろう？　お手伝いさんってわけでもないし、どうして家に置いているのかと思ったら……何だかいい雰囲気になっちまってさ」

「それで？」

「それだけだよ。にしても、この子、すごいな。名器ってやつ？　おまえ……男が好きってわけでもないだろうに、寝たのか？」

あっけらかんとした友永に無邪気な調子で言われると、憂鬱《ゆううつ》な気分が込み上げてくる。

「――盈はまだ、そういうのがわからないんだ」

ごちゃごちゃした感情の中から、漸く、その言葉だけを拾い上げた。

「だから、頼む。盈にはもう二度と、触れないでくれ」

凌平は額に手を当て、小さく首を横に振る。

頭が痛い。こめかみのあたりからずきずきと痛み、まるで割れそうなほどだ。

「……おまえ」

友永は不意に真顔になって、凌平の腕をぐいと引っ張った。

「ちょっと、来いよ」

褥に横たわる盈はそのままに、玄関へ戻るように引き摺られた凌平は、暗い面持ちで友永を睨《にら》んだ。

「何だよ。盈を寝取っておいて、まだ何か文句があるって言うのか！」

酷い頭痛による苛立《いらだ》ちもあり、凌平は声を荒らげた。

「あの子は、やめておけ」

「は？　おまえ、この期に及んで忠告なんて、盗人猛々しいにもほどがあるだろう」

純粋にむっとした凌平は拳を振り上げ、友永の襟首を摑み上げる。

この唇で、友永は盈を味わったくせに、何を言っているのか。

いったいそれはどんな感触だった？　どんな味わいだった……？

「すまない、その件に関しては完全に俺が悪い。おまえが絶交したくなるのもわかるし、何発殴られてもいい」

つき合いの長い男は凌平の真剣さを汲み取ったらしく、切り替えが早かった。

深々と頭を下げられると許さないわけにもいかず、凌平は拳を渋々下ろした。

「だが、俺は友人として言わせてもらう。あの子は、すごく人の気持ちをそそる。連れ歩くには気を遣う、かなり危険な相手だよ」

「盈はただ綺麗なだけだ。無論、少しは色っぽいと思うことはあるが……」

「そうか？　あのやけにそそる色気が、おまえにはわからないだけじゃないか？」

重ねて問われて、凌平は眉根を寄せる。

「どうしてだ」

「おまえは美でしかものを見ない。だから、色香には鈍いんだよ」

それは詭弁《きべん》だ。そう思うのに、混乱と怒りゆえかまともに反論ができなかった。

「たぶん、本人が行為そのものは嫌いじゃないんだ。そういう子は、面倒を引き起こす」

「おまえが今、厄介ごとを引き起こしてるんだろう」

言外に盈はふしだらだと決めつけられたようで、不機嫌な口調で凌平は言った。それを聞いて、友永は申し訳なさそうに頭を掻く。

「そうだ。だけど、俺は盈君……彼を手籠《てご》めにしたわけじゃない。少なくともあの子だって積極的だったのはおまえもわかるだろう？」

何も言えずに、凌平は足許の羽目板をじっと見つめる。

凌平のときもそうだ。あのときだって、凌平は盈を手籠めにしたわけではない。

だからといって、盈が自分を選んだわけでもないのだ。

盈には選択肢はなかったのだから。

「俺だって、人をとやかく言えるご大層な人間じゃないけどさ。あの子はきっと、俺たちの知ってる決まりごとの枠の外にいるんじゃないかな」

友永が何を言おうとしているのか、凌平には理解ができない。

いや——かろうじて理解はしているのだ。ただ、共感を拒んでいるだけで。

だって、それを認めてしまえば凌平と盈のあいだには何もなりはしないのか。

「とにかく、あの子はやめておいたほうがいい。俺が友人として言えるのは、それだけだ」

「俺は盈をそばに置きたくて置いている。おまえにとやかく言われる筋合いはない」

この点では、既に二人の立場と考えは平行線で、歩み寄りようがなかった。

「——そうだな」

その点は納得した様子で、友永は首を縦に振る。

「でもさ、もしおまえがあの子を独占したいのであれば、鍵でもかけておくべきだろうな」

「どうして」

「どうしてって。それはおまえが一番よく知っているだろう？」

返す言葉を失い完全に黙り込んだ凌平に対し、友永はこれが潮時だと思ったようだ。

「本当に、悪かった。じゃあな、凌平」

友永は再び心底申し訳なさそうに謝罪の言葉を口にしてから、凌平の家を後にした。

苦い気分のまま玄関を施錠して寝室に戻ると、盈は相変わらず布団で丸くなっている。

「盈」

「ん」

声をかけられて身を起こした盈は、その場に立ち尽くす凌平を見上げて首を傾げた。

「どうしてあの男と寝たんだ？」

「理由が、いる？」

そのごく簡潔な問いに、凌平は返す言葉をなくしてしまう。

「俺を待てなかったのか」

「知りたかったから……」

「何を？」

「外の世界を」

つい数日前の自分の台詞を逆手に取られるとは思わず、凌平は何も言えなくなった。

「だめ？」

辿々《たどたど》しい口調で問われて、凌平は呻く。

恐ろしいことに、盈にとっては性交もまた外の世界を知る方法なのではないか。だとしたら、あそこまで無防備に他人を受け容れることにも納得がいく。

「……いいや。君をここに連れてきた以上は、君のやり方を尊重しよう」

凌平はそこまで言うと、「湯を沸かしてくる」と言って身を翻して台所へ向かった。

ほかの男に穢された後始末をするために湯を沸かすとは、滑稽さも極まるというものだ。

だが、あのままでいさせるのは腹立たしかった。

そもそも、盈は『もの』ではないがゆえに、凌平には盈を所有することはできない。所有を望んで盈に手枷《てかせ》足枷《あしかせ》をつけてこの家に閉じ込めれば、それは、茂郎がしたのと同じ仕打ちをすることになる。

また彼を檻に閉じ込めることになってしまう。

それでは、あの蔵から盈をあえて連れ出した意味がない。

あの日、盈は自分を神様のものだと言った。

神のものだからこそ、人は誰しも平等に盈に触れてもいいということなのか。

自分が鳥籠から解放したのは、とんでもない怪物。美神などではなく、荒ぶる本質を隠した恐ろしい悪鬼ではないのか。

だが、後先を考えずにその鬼を外に出してしまったのは、凌平のほうなのだ。

「くそ……」

盥《たらい》に湯を用意した凌平は盈の元へ戻り、それを畳の上に置いた。

寝息を立てる盈の浴衣の裾は乱れ、そのあまりの艶やかさに目を奪われる。

これが盈の色香――。

一度寝取られてしまったせいか、あるいは気づいてしまったせいか、もう、以前と同じ目で盈を見ることはできなかった。

確かに盈は芳醇《ほうじゅん》な色香を漂わせ、凌平という雄を誘惑しているのだ。

それでも誘惑に抗い、凌平は息を整えながら盈の上に覆い被さる。今ここでしなくてはいけないのは、盈の後始末であり、盈を抱くことではなかった。

己にそう言い聞かせながら秘蕾を指で拡《ひろ》げると、どろっとした液体が溢れ出る。友永の精液だと思うと、怒りよりも悔しさが先に立った。

そしてそれ以上に、呆然としている盈に対する喩《たと》えようのない苛立ちを覚えた。

そのまま盈を組み敷き、彼の秘蕾に自分の充溢《じゅういつ》を押しつける。既に凌平は自身でも驚くほどに昂《たかぶ》っており、いつでも盈と性交をできる状況だった。

「……ーッ」

綻びかけた部位に押し込んだ刹那、盈が目を覚ました。

「…ひぃ…ん…んあぁ……んん……」

友永の手で完全に拡げられていた部分を、後追いするかのように再び開拓していく。我慢できない。

まさか、学生時代の親友とこんなことで兄弟になるとは想定外だった。遊び人の友永が褒めるほどの名器とは気づかなかったが、抱くたびに溺《おぼ》れそうになる理由はそこだったのか。

「あいつのほうがよかったのか？」

「は…あ…あっ……あぁッ……」

「声もちゃんと出すようになった。あいつに何を教わった？」

何よりも盈の喘ぎは、凌平だけが抱いていたときよりもずっと甘い。如実な変化に動揺し、凌平は苛酷な腰つきで盈を追い立てた。

「だめ、と言ったな。盈……」

絡みつく襞をあしらうように強引に突き込み、奥へ奥へと進む。

既に一度拓《ひら》かれていた部分は、容易《たやす》く凌平を受《う》け容《い》れてしまう。そのことがよけいに、凌平の心をんだ。

こういうときに手を差し伸べてくれれば、縋ってくれれば、それだけで凌平の魂は救われる。

だが、盈は何もしない。ただ褥に組み敷かれ、そのくろぐろとした瞳であらゆる営みを見守るだけだ。

だからこそ、凌平は迷うのだ。

いったい、この思いを何と名づければいいのか。どんな関係に定義をすれば、自分は幸福になれるのかと。

6

「それでは、先生の退官を祝って」

座敷に揃《そろ》った人々は盃を持ち上げ、幹事の音頭に一斉《いっせい》に「乾杯」と発声する。

上座にいる凌平《りょうへい》の大学時代の教官の大岩《おおいわ》は白い髭《ひげ》を撫で、にこにこと笑っていた。

もともと上下関係のあまり厳しくない大学だったこともあったし、周囲の連中は気心の知れた人物ばかりだ。おかげで酒が入るとすぐに無礼講になり、久しぶりに顔を合わせる同窓生を相手に会話が弾んだ。

「そういやおまえ、長野に行ってたって聞いたぜ」

凌平に話しかけてきたのは、同級生の佐久間《さくま》だった。色黒で中肉中背の彼とは学生時代から親しかったが、長野に行く前後はちょうど彼が長期出張で上海《シャンハイ》に出向いており、壮行会では会えずにいたのだ。

「うん、二か月くらいかな」

「のんびりできただろうと思ったんだが……なんか、やけに疲れた顔してるなあ」

「……そうか？」

同居人が増えれば、今までどおりに奔放にやっていくのは不可能になるものだ。実際、帰宅してからも誰かに気を遣う毎日は凌平には慣れないもので、四苦八苦していた。

おまけに、相手は盈《みちる》だ。一筋縄ではいかない、Ｓ不思議な存在なのだ。

「それよりおまえのほうは、細君《さいくん》とあまり上手くいっていないって言ってなかったか？」

「ああ。上海に行く前だな」

佐久間は頷いたものの、その表情に翳《かげ》りはない。

「こっちから折れるのも悔しいが、何しろうちのはすごく気が強いからな。お互いに歩み寄らないと正常化は望めなかった」

「まあ、そうだろうな」

結婚式のときに佐久間の妻と会ったことがあるが、男勝りでずけずけとものを言う美女だった。佐久間には似合っているが、喧嘩《けんか》になったら大変そうだなと思ったものだ。

「だから、俺も考えを変えた。あいつを好きか嫌いかで考えると、やっぱり好きだ。だが、結婚をする前と後じゃ、どうしたっていろいろな状況が変わる」

「うん」

あまり関心のない話題ではあったものの、佐久間なりに人生の真実を摑んだのであれば、そのことについて聞いておきたかった。

「それで、新しい関係を作りたいと思ったんだ」

「新しい、関係？」

「そうだ。そもそもがお互いに別々の人間だ。別々に生きてきた時間の積み重ねがある。それを半年や一年で学ぶのは無理な話さ」

その言葉にはっとしたのは、盈と自分自身に通じることではないかと思えたからだった。

「だから、一から新しい関係を作ろうと思ったんだ。俺の妻は、その努力をするに相応《ふさわ》しい相手だからな」

「なんだ、結局は惚気《のろけ》か」

冗談めかして凌平が合いの手を挟むと、佐久間は「まあな」と頭を搔いて照れ笑いを浮かべる。

それから、鋭い視線を凌平に向けた。

「おまえはどうなんだ？　さっきも言ったけどすごく疲れてるみたいだが、私生活のほうは？」

「順調だよ」

……嘘《うそ》だ。

自分が疲れているのだとすれば、盈とのかかわりに迷っているせいだ。

何しろ、駆け落ち同然で帝都に連れてきた次の日には、凌平の親友である友永を寝所に引き込んでしまった。そのあとも御用聞きに押し倒されているところに遭遇し、凌平は盈の警戒心のなさには呆《あき》れざるを得なかった。

仮に凌平を妬かせたいと思っているのなら多少は可愛げがあるが、盈にはそんな複雑な情動はない。徹頭徹尾、ただの成り行きだろうと断言できた。

ともあれ、友永との過ちのあと、凌平は早めに帰宅することを心がけるようになった。御用聞きの一件が未遂で終わったのも、凌平が早めに帰宅したからにほかならない。

そうして家にいられる時間を増やすと、凌平はそのすべての時間を盈との媾合に充てた。

盈をこの胸に掻き抱き、そのみずみずしい体内に余すことなく欲望を放つ。

それこそ彼の体内の水分を搾り取ってしまうのではないかと思えるほどに激しく、なおかつ、愛撫《あいぶ》は丁寧に。

自分自身も疲れていたが、盈を疲労困憊させておけば安心だ。

何よりも、凌平はその肉体に溺れていた。

三日も続けて抱けば飽きるのではないかと思ったが、それは杞憂《きゆう》だった。抱くごとに盈は進化しているかのようで、お互いに欲望の追求に果てはなかった。

それどころか、毎日可愛がるうちに盈の変化はますます色濃いものになる。

銭湯に連れていくのも憚られるほど、盈はいつしか濃密な色香を醸し出すようになっていたのだ。

「そうか。今度は友永も呼んでゆっくり飲もうぜ」

「ああ、今日来られなかったのは残念だったな」

友永はああした事態に気まずさを感じるような男ではなく、単に、急な不幸があって葬式に出ることになったのだという。

彼がここにいれば、もっと根掘り葉掘り盈について問われていただろう。

そうされなかったことは不幸中の幸いだったと思いつつ、凌平は酒を口に運ぶ。

盈の毒が全身に回っているかのように食欲がなく、胃が重い。酒で腹を満たしたほうが、よほどましだった。


五月《さつき》晴れの休日ともなると、繁華街として知られる浅草六区《あさくさろっく》のにぎわいは相当なもので、歩くたびに誰かにぶつかってしまう。

凌雲閣《りょううんかく》に登ろうと順番を待つ長蛇の列。呼び込みの声。各種見世物小屋の前では、歩けないほどの人だかりができている。

「すごい人だなあ……」

凌平の呟きを耳に留め、盈が「うん」と小声で相槌を打った。

「疲れたら、いつでも言えよ。休めるところはたくさんある」

「ん」

盈との関係を、一から作り上げる。同時に自分の気持ちをはっきりさせて、お互いに楽になろう。それが佐久間との話を糧《かて》に、凌平の出した結論だった。

そのためにも必要なのは、肉欲抜きでお互いに向き合うことだ。その方法として選んだのが、盈の好きそうな場所に連れ出すことだ。

世界を見せると言って彼を帝都に連れ出したのだから、約束を守ろうと思ったのだ。

平日は何食わぬ顔で仕事をしながらも、本当はずっと、日曜日が待ち遠しかった。長野への工場計画が正確に頓挫《とんざ》したことで会社で労られるのに飽きたせいもあるが、何よりも、ひとりぼっちにしておけば、盈がまた誰か男を引き込むのではないかと不安でならなかった。

厳重に鍵をかけてから出かけたものの、盈にだって鍵を開けて外に出るくらいの才覚はある。仮に盈が凌平の留守に外に出ていたとしても、彼が何食わぬ顔で先に帰宅すれば、隠蔽《いんぺい》は難しくない。

いっそのこと、彼を会社の事務員にでもしてしまえばいいのではないか。

そんな馬鹿げたことも夢想したものの、それでは、盈をよけいに人目に晒《さら》すことになる。そのうえ、会社の連中を誘惑しないとも限らない。

いずれにしても、盈がいつまでも少女めいて見えるのは問題がある。あれから二度ほど銭湯に行ったが、そのたびに彼は奇異な目で見られて凌平を辟易《へきえき》とさせた。

「候補がないなら、まずは床屋だな」

顔貌《かおかたち》の美しさは変えられないし、印象を変えたほうがいい。そう考えた凌平は、ひとまずは長すぎる髪を切るために床屋に連れていった。実際に、銭湯に連れていってもあれほど長い髪は邪魔だった。けれども、襟足が見えるとかえってその淫らな神秘性を高めることになりそうで、髪は肩より少し長いあたりで切らせるのが関の山だった。

床屋はさんざん惜しんだものの、豊かな髪を切り、買い取ってくれた。

「何か欲しいものはあるか？」

「欲しいもの？」

往来では行商人が自分たちの持ってきた玩具《おもちゃ》を売り込もうと、愉快な芸などしながら印象づけていく。

「玩具は子供のものだからな。ほら、本とか、服とか……」

盈は女性用の着物しか持っていなかったので、自棄《やけ》になって派手な銘仙を着せてきたのだが、これがかなり似合う。

凌平の心がどれほど揺らごうと、移ろおうと、盈の纏う美は変わらない。

——そうだ。

定理をそこに据えれば、見えてくる真実もある。

盈を信じて一から新しい関係を築くのは、この状況における最適解なはずだ。

「ものは、何もいらない。私は十分に、満ちているから」

「名前どおりか」

「……うん」

凌平のくだらない駄洒落を耳にして、盈はおかしそうに唇を綻ばせる。

……笑った……。

無論、盈の笑顔はほかにも何度も見ているはずなのに、こんな風に含みも何もない立場での笑みは値千金だ。

「甘いものでも食わないか？」

「甘いものって？」

「たとえば……そうだな、ちょっと外は暑いが汁粉とか」

このあたりならば汁粉の名店は幾つもあるので、きっと盈を喜ばせるだろう。そう考えて提案すると、盈は「汁粉」と首を傾げた。

「汁粉って、甘い？　辛い？」

「甘いよ。小豆と砂糖で作っているからな」

食べたことがあるのかどうかは不明だが、関心はあるようだ。

たまたま目についた、名の知れた甘味処《あまみどころ》に入ろうとして躊躇《ためら》ったのは、その汁粉屋の入り口は狭く閉ざされており、格子が嵌まっていたためだ。その狭苦しい印象が、盈にかつて閉じ込められていた土蔵を思い起こさせるのではないかと不安を覚えた。

けれども、盈は凌平の様子を不思議そうに窺うだけで、不快感やそれに類する表情は見せなかった。

……特に問題はないか。

そう判断した凌平が戸を開けると、「いらっしゃいませ」と明るく女給が声をかけてくる。かろうじて二人分の席を確保できたが、想像以上の盛況ぶりだ。

格子模様の張られた椅子に腰を下ろした盈は、どこか楽しそうに品書きを目にしている。

「いい匂い……」

「ああ、餡《あん》の甘い匂いだな」

目を閉じた盈は、店内に漂う汁粉の匂いを嗅いでほんのりと笑む。

こうしてみると、盈は少し年齢よりも稚いだけで、彼なりに喜怒哀楽を持ち合わせているのだとわかる。

いや、怒と哀の感情は判然としない。強いていうのなら、鳥籠に置き去りにしようとした凌平に対し、涙を見せたあのときだ。

「汁粉はあたたかい餡の汁の中に餅が入っている。善哉《ぜんざい》は粒餡で作った汁粉だ」

「ふうん……」

迷った様子だったが、すぐに盈は普通の汁粉を選んだ。盈に一口やろうと、凌平は善哉を注文する。

人気店だけに準備ができていたらしく、汁粉はすぐに運ばれてきた。

「どうぞ」

「ん」

右手に箸を持って餅を切り分け、椀《わん》の中に入れる。見よう見真似でおそるおそる口をつけた盈は、

「あつい」と小さく舌を出した。

「大丈夫か？」

「うん」

頷いてから彼は再び椀に口をつけ、目を閉じ、うっとりとした顔でそれを含む。

微かにその長い睫毛が揺れる。

「旨いか？」

「ん…」

こちらを上目遣いに見て微笑む盈の頬が薔薇色に紅潮し、彼が汁粉を喜んでいるのだと知った。それだけで喜びが押し寄せ、凌平は誇らしい気分になる。盈の喜びは、凌平にとっての喜びにほかならなかった。

「そうか。よかった」

「おいしい……」

盈は呆気なく食べ終えてしまったので、凌平は己のほぼ手つかずだった善哉の椀を彼に押しやる。盈はいいのかとも尋ねず、無論遠慮もせずに口をつけた。

「凌平は美味《おい》しいものをたくさん知っている」

「帝都には、美味しいものを出す店がたくさんあるからね」

「ふうん」

半ば無意識の様子で相槌を打ちつつ、盈は至極美味しそうに善哉を口に運ぶ。木製の匙《さじ》とそれに載った汁が盈の唇に吸い込まれていく様に、凌平は言葉もなく見惚れた。

頬杖を突いた凌平は盈を見ながら、知らず、穏やかな微笑を浮かべる。

これでいいんだ。最初から、こうすればよかったのだ。

こんな風に穏やかで愛しい時間を積み重ねていけば、きっと、二人はわかり合える。よりよい新たな関係を築けるはずだ。

時折店内のほかの人たちの視線が気になったものの、女性のものが多かったし、それは誰よりも美しい少年を連れているのだから致し方がないと諦めがつく。

こんな風に彼と二人でいることに安らぎを見出せたのは、初めてのことだった。

結局汁粉を三杯食べた盈は、帯の上から腹をぽんぽんと叩く。

まだ浅草にいる時間はある。どうせだから、盈に楽しい思いをたくさんしてほしかった。

「何か見たいか？　凌雲閣は？　塔の天辺《てっぺん》から帝都を見下ろすのはどうだ？」

盈が少女に見えるのをいいことに、凌平は堂々と彼の手を引いて歩いた。盈は握り返さなかったが、振り解かないのだから不愉快ではないのだろう。

「高いところ……」

何を思い出したのか、ぽつりと呟く盈に、凌平は「苦手か？」と重ねて聞いてみる。

「………」

盈の顔に浮かぶ戸惑いの色は、何も知らないから判断がつかないとでも言いたげなそれだった。

——そうか。

あの屋敷から殆ど出たことのなかった盈は、高さの概念すら危ういのではないか。それに、帝都をよく知っているわけではないし、高所から都を一望にしたところで大した感慨は生まれないだろう。

もっと帝都を知ってからのほうが、楽しいに決まっている。

生きることの楽しさを、この手で全部教えてあげたい。

ともかく、今日は晴天でもないし、凌雲閣より別のところがいいだろう。

「そうだ。映画でも見ていこうか」

「映画？」

「そうだ」

映画は弁士が劇中の台詞を語る上映方法で、これまではどこかで場所を借り、弁士たちを派遣して上映会方式を採ることが多かった。近頃では映画の人気が確立されてきたので、常設の映画館も増えた。今や映画館は全国で千を越えているそうだし、去年公開された映画は二百本近いと聞く。

「ちょうど十五分後からだな。ちゃんばらだが、まあ、いいだろう」

「ん」

映画館にいれば盈から目を離さず済むし、彼が新しい世界を覗くきっかけにもなるだろう。

適当な席を見つけて、凌平は盈と隣り合って座った。最初は周囲の席が空いていたが、始まる間際になると駆け込みで客がどっと入り、ほぼ満席になったようだ。

「！」

あたりが暗くなって彼が驚いたらしかったので、凌平は左手を伸ばして盈の右手を握ってやった。

それから唇を彼の耳許《みみもと》に近づけ、優しく耳打ちをする。

「大丈夫だ。何かが故障しているわけじゃない。こういうものなんだ」

盈の髪と首筋からはいい匂いがするような気がして、凌平の胸はわずかに高鳴った。

映画自体は、ごく単純な勧善懲悪の剣豪ものだった。

耽美趣味の凌平にとっては、いくら弁士が熱演してくれるといってもあまり面白みは感じなかった。

しかし、盈の手が熱く火照ってくるのに気づき、凌平は彼も初めての体験に昂奮しているのだろうと確かな充足を覚えていた。

と。

主人公と宿敵の対決場面が始まったあたりで、盈の手がひどく熱くかつ汗ばんでいることに気づき、凌平は眉を顰めた。

緊張しているのだろうか。

「…………」

ちらりと左隣を窺うと、ぼんやりと画面を見つめる盈の赤い唇から、濡れたような甘いため息が零れる。そのうえ目許はぼうっと朱に染まり、唇はしどけなく開いている。

そこのある種のしるしを見出し、凌平はぎょっとした。

——まさか。

凌平が今度ははっきりと盈の様子を窺うと、彼の着物は腿のあたりまで広げられている。そして、隣の席の男が何食わぬ顔で盈のすべらかな脚をさすっているのだ。

痴漢だった。

あまりのことに、怒りに脳が沸騰しそうになる。

立ち上がって男を殴りつけたい衝動に駆られたが、今はちょうど、映画が最高潮に盛り上がっているところだ。

ここで立って映画の進行を妨げれば、多くの観客に迷惑をかけてしまう。それに、盈がいやらしい真似をされて甘んじていたことも明らかになるかもしれない。

何よりも、盈が目立ってしまうのは避けたい。

そのうえ、盈は痴漢の指を受け容れている。相手が触れやすいように膝を開き、その指を待ち望んで自ら着物の裾を広げていた。

その脚の抜けるような白さに目が釘付けになり、凌平は自身もその腿に触れたいという衝動に駆られかける。喉がからからに渇き、目を逸らせない。

それでも気力を振り絞り、凌平は足許の荷物を取るふりをして身を屈《かが》め、強引に盈の裾を直す。それを目にした痴漢は初めて凌平の存在に気づいたようで、にやりと笑った。

「あとで、どうですかねえ」

「は？」

「三人でしっぽりっていうのは」

盈越しに聞こえてきた言葉は、小声であってもはっきりと理解できた。さすがに痴漢をするだけあって、最低な男だ。凌平は同じく顰めた声で、「ふざけるな」とだけ返した。

痴漢は諦めたように肩を竦め、画面に視線を戻した。

そんな盈は画面をじっと眺めており、今やすっかり映画の筋に引き込まれているようだ。

主人公の二人が別れたときには目を潤ませており、そして、最後に男が女を迎えにきたときにはほっとしたような顔つきだった。

凌平はそのあいだもずっと盈の手を握っていたが、彼がその手に力を込めることはなかった。

やがて、物語は予想どおりの大団円を迎える。熱演した弁士に送る長い拍手のあと、皆がばらばらと立ち上がり始めたので、凌平は改めて盈の腕を摑んだ。

「行こう」

「……ん」

盈の動きが鈍い。

緩慢にため息をつく盈の目には、確かな情欲が滲んでいる。

それがなぜなのか、凌平は尋ねずとも薄々感づいていた。

先ほど男に弄ばれた欲情の残滓《ざんし》が、まるで埋み火《うずびび》のように盈を燃え立たせているのだ。

そのことに凌平は喩えようもない苛立ちと、そして、欲望を覚えざるを得なかった。

こんなことはおかしいとわかっているのに、己の本能には抗えない。

ほかの男に欲望を煽《あお》られた盈を見て、自分は失望をするどころか、性欲を抱いていた。

盈が欲しい。

「――一休みしよう」

有無を言わせずに盈に提案し、凌平は「こっちだ」とその腕を強引に引っ張る。

このあたりは色街もあるので、連れ込み宿には事欠かない。盈ならば女に見えるので、そうした宿を使うのも問題がないだろう。

躰を重ねるための場所を探すときは、人はどうしても言葉少なになる。気まずいのではなく、己の欲望を気取られるのが恥ずかしいからだ。

盈は凌平が何を探しているのかも知らないので、どんなときも平然としたものだ。

「ここに入るからな」

見つけた連れ込み宿の前でそう確認すると、盈は何の感慨もない様子でこくりと頷いた。

信州で汽車に乗る前も、盈はこんな風に頷いていた。

あのときから、盈は何も変わらないのではないか。

そもそも、新しい関係を築こうと模索することに、果たして意味があるのだろうか。

盈自身にその意思がなければ、凌平の決意などただの空回りにすぎない。

盈は希望に燃えていたはずの凌平の心に呆気なく水を差し、そんなものはただの浅はかな目論見《もくろみ》にすぎなかったと知らしめた。

互いの関係を変えたいと心底願っているのは凌平だけであり、盈の軸はまるで揺らいでいない。

彼自身がこの関係を変えたいと思わなければ、何もかもが無意味なのだ。

いつものように出勤した凌平は書類を整理し、打ち合わせの予定を確認する。

宮丸製紙《みやまるせいし》の新しい工場は有力な候補だった荒川《あらかわ》近辺に作ることで話がまとまり、これからはもっと忙しくなるだろう。

だからこそ、仕事に没頭できる環境は有り難い。信州で採ってきた試料の一つがパルプに向いているのではないかと気づき、ほかの連中と更なる実験をしようというところだ。

「福岡《ふくおか》。俺たちは飯に行ってくる。おまえは？」

「俺はもうちょっと片づけてから行きます」

「そうか」

呼びかけてくれた上司に素っ気なく返し、一人きりになった研究室で気になっていた点を文章にまとめる。三十分ほど経過してから、漸く自分がひどく空腹であると自覚した。

昼休みが終わる前に、どこかで食事を摂らなくてはいけない。

凌平の父親の世代はサラリーマンは弁当を持っていくことが多かったようだが、凌平たちは最初から外食を想定して会社に来ている。そのため、会社の周辺では様々な飲食店が繁盛していた。

「福岡さん」

何を食べようかと思案している最中にいきなり声をかけられ、凌平は顔を上げる。声の主を探して視線を彷徨わせると、前方に立っていたのは意外にも茂郎《しげお》だった。

「十和田《とわだ》さん……」

「ちょうど帝都で用事がありましてな。折角なので、福岡さんにご挨拶をと」

「わざわざすみません。それに、このあいだは、荷物を送ってくださってありがとうございました」

盈を奪った男として凌平を激しく憎み、その怒りをぶつけてくるのではないかと身構えたものの、彼は思ったよりもずっと晴れやかな表情だった。

「いいんですよ。これから昼なら、一緒にどうです？」

「……ええ」

迷ったものの、あのときは駅で挨拶しただけだったうえ、先日はわざわざ荷物を送ってもらった負い目もあり、凌平は断らなかった。

茂郎はすぐにカレーライスの店を見つけて、そこに入った。ハイカラで少し値段の高い店なので、かき入れ時のこの時間帯でも空いている。二人分のカレーを頼んでから、凌平は改めて茂郎の表情を窺った。

一月ぶりに会う茂郎は相変わらずあくが強い雰囲気だが、当時よりはずっとさっぱりした顔をしている。喩えるならば重い荷物でも下ろしたような、そんな顔つきだった。

「盈はどうですかね」

驚いたことに、茂郎はすぐさま本題に入った。

「元気にしています。十和田さんもお元気そうで」

「ええ。あれがいなくなった途端、何だか憑きものが落ちたような気がしましてね。ちょうど、工場誘致の件も頓挫しましたし」

そのことに関しては謝るわけにもいかず、凌平は口を噤《つぐ》んで茂郎の話に聞き入る。

「ともかく、村の財政を立て直さないことには立ちゆきませんからなあ」

「村長さんも大変ですね」

「どのみちこれから廃れていく村ですが、私の代で終わらせるわけにはいきませんからな」

茂郎は涼しい顔つきでいうと、運ばれてきた水をぐっと一息に飲んだ。

「それで、福岡さんは……少しお疲れのようですなあ」

「こちらに戻ってからというもの、想像以上に忙しいんです」

「おまけに盈がいるから、ですか？」

嫌みというわけではないが、どうしても二人の会話の主題は盈に戻ってしまう。

「盈はいい子ですよ」

「だけど、何もしないでしょう。あなたのお役に立てないのでは」

盈は何一つしないというより、できないのだ。

檻に閉じ込められて暮らしていた盈に家事をさせたところで、失敗するのは目に見えている。それに、美の象徴ともいえる盈にいったい何をさせればいいのか。

だからこそ凌平は、盈には何も頼まなかった。だが、それは茂郎たちが盈をそうやって育てたからであって、凌平や盈本人に咎《とが》があるわけではない。

とはいえ、茂郎だけに罪をなすりつけてもいいことはない。そもそも、未成年の盈を拐かしたのは凌平のほうだ。ここで茂郎が警察に届けるとでも言い出せば、凌平は間違いなく逮捕されるだろう。

「生活に関しては、おいおい教えていきます」

「そうも殊勝なものではないですよ。前に、あれの母親は狐憑きだと申し上げましたな」

頷き書けたところでちょうどカレーが運ばれてきたので、話の腰が折られてしまう。

「ほう、やはり旨いものですな」

「カレーは初めてですか？」

　カレーが珍しかったのはおそらく一昔前の話で、今では家庭でも作られることが多い料理だ。とはいえ、あの十和田家の屋敷で作られるようになるまでは、相当時間がかかるはずだった。

「あ、いいえ。最初に上京したときに食べましたよ。松本にもカレーを出す店はありますが、やはり、帝都のものを先に食べたいと思いましてな」

「そうですか。俺もカレーは好きです。まだ盈には食べさせていないんですが」

　凌平が盈の名前を出したのをきっかけに、茂郎は話の続きをする気になったようだ。

「盈は五つまで、母親が手許《てもと》に置いて育てました。私の弟が自殺し、父が亡くなってからというもの、あの女は離れで奔放に男を咥え込んでおりましてな。それを盈は間近に見ながら育ったのですよ」

「…………」

「あの女にとっては、子を作る行為はめでたいこと。恥じることでも隠すことでもないと申しましてな。それはそれで間違ってはおりませんが……」

　凌平が滞在していた離れには、盈の母が暮らしていたのか。

「盈という名も、できる限り多くの雄の精で腹いっぱいになるようにとつけたと言うのです。まったく、今となっては穢らわしい限りですよ」

　吐き捨てるように言った茂郎は、盈の母には思うところがあるのだろう。

「盈には、そんな真似はさせません」

「ええ。あれには首に縄をかけておきたくなるのが凡俗の性《さが》というもの。ですが、小鳥には縄をかけることが難しい。自分一人のものになると思うのは錯覚です。それは福岡さん、あなたを苦しめるでしょうな」

「盈は俺の理想そのものです。盈がいれば、それだけでいい。仮に苦しむことがあっても、それくらい安い代価です」

最も美しいものを手に入れた代価が苦しみならば、それでもいい。

ただ、盈を手放したくない一心だった。

「それにしては、だいぶ窶《やつ》れましたな。あれを繋ぎ止めておきたくて、無理をなさっているのではありませんか。何しろ、帝都には誘惑が多い」

「それでも、俺は盈に世界を教えてやりたい」

強く言い募るあまり、語調がかしこまったものではなくなってしまったが、それくらいはかまわなかった。

「だから、盈を連れ出したんです」

「それは夢です」

茂郎はゆっくりと首を横に振り、匙を皿の上に置いた。

「盈は所詮、人の世界には馴染まぬ生き物。ただ満たされることだけを望み、獣のように生きるばかりです」

「村長さんは、盈に未練があるんですか?」

「とんでもない。手放した今なら、わかりますよ。私は自由になったと」

「自由……?」

中年の男から聞かされるにしては、意外な単語だった。

今まで奔放にやりたいようにやって、盈のことも土蔵に閉じ込めて囲っていた。それが自由の発露ではなく、いったい何だというのか。

「ええ。さっきも申し上げたとおり、憑きものが落ちました。あれが生きている限り、手許にある限り、私は苛まれるばかりですからね」

さらりと言われたその言葉の重みを反芻《はんすう》し、凌平はさも爽快そうな面持ちの茂郎をまじまじと見つめる。

「あなたはまだ若く才能がある。その若さで重荷を抱えるのは、私は賛成しかねます。あれを手放せるときが来れば、手放したほうがいい。無論、我が家に戻さずとも結構ですよ。盈がいれば、茜《あかね》にとっても重荷になりかねない」

「どうやって」

「帝都には何でもあるでしょう。それは、どんな場所でもあるということだ」

要するに、手に余ったならば盈を赤線に売れというのか。確かに盈は売笑でさえも何の痛痒《つうよう》もないかもしれないが、それでも、そんな非人道的な振る舞いはできない。

「俺には盈が必要です。盈と一緒にいるためには、どんな努力もできます」

「……なるほど。その決意、しかと承りました」

茂郎は満足げに笑むと、凌平の双眸をひたと見据えた。

「ならば、もう無粋なことは申しますまい。ただ、何かありましたら、我々がいつでも力になります。それをお忘れなく」

「ありがとうございます」

かたちばかりの礼を告げ、凌平はもう二度と茂郎と会うことはないだろうと確信していた。

盈を手放すことばかりを勧める相手など、凌平にとっては忌々《いまいま》しいばかりだ。

たとえそれが、以前の盈の所有者であったとしても。


「ただいま」

帰宅した凌平は玄関先から薄暗い室内に向けて声をかけたが、返答はない。

「盈」

やはり、答えはない。

――もしや、またか……？

仕事帰りに惣菜のコロッケと手土産に洋菓子を買ってきたのだが、そんなことをせずにさっさと戻ってくればよかったかもしれない。

盈を外食に連れていくのが嫌で、このところの凌平は真面目に自炊をしていた。そのための買い出しが、裏目に出てしまった可能性もある。

「盈」

嫌な予感に駆られた凌平が寝室に向かうと、敷きっぱなしの布団の上で丸くなり、盈が滾々《こんこん》と眠っていた。窓は開いたままで、爽やかな初夏の夕風に煽られ、盈のそばに置かれた紙が時折ふわりと浮き上がる。

安らかに眠る盈を目にして、凌平は安堵に胸を撫で下ろした。

帰宅するまではどうしても安心できないので、ある意味では賭のようなものだ。

盈には着衣の乱れは見られず、銘仙を身につけたまま眠ってしまったらしい。あたかも猫のような有様で、それはそれで可愛かった。

蹲《うずくま》る盈を何気なく見下ろした凌平は、彼が枕元に置いていたものに気づいてはっとした。

日本の地図だった。

無論、これは凌平の書棚にあったものの一つで、どこにでも売っているごくありふれた地図だ。

しかし、それを盈があえて手に取ったこと自体が、やけに意味ありげに思えた。

新しい世界を知った盈は、更に別の場所に行きたいと願っているのではないだろうか。

凌平の手許にいても、盈は同じような日々を繰り返すだけだ。土日には浅草や銀座に遊びに連れていってやれるが、平日は彼を家に一人きりにしている。それならば、いっそまったく違う土地へ行きたいのかもしれない。

焦燥を覚えた凌平は、盈の美貌を見下ろしたまま立ち尽くす。

逃がしたくない。どこにもやりたくない。

疑心暗鬼になりながらも、懸命に盈との日々を紡いできたつもりだった。それなのに、もう、凌平には飽きてしまったのか。

どうすれば彼を、凌平の元に繋ぎ止めておけるだろうか。

「……凌平?」

人の気配に漸く目を覚ました盈は眠そうに目許を擦り、それから、傍らに無言で佇む凌平を見上げて小首を傾げる。

「どうしたの?」

「いや」

意地を張らずに、盈に尋ねればいい。

俺には飽きたのか。ここにはもういたくないのか、と。

しかし、盈は果たして『飽きる』ことの意味を知っているのだろうか。

真摯《しんし》に問うたところで、凌平の思いに値するだけの答えを返してくれるのか。

「それ、片づけておかないと折れるぞ」

「あ」

盈は広げてあった大判の地図を丁寧に畳むと、本棚に戻すために立ち上がった。

視界の端で動く白い素足を捉えながら、凌平は胸の中に、ふつふつと不満が溜まっていくのを感じる。

いや、これは不満ではなく――不安だ。

盈がこの手からすり抜けてしまうのではないかという、喩えようもない恐ろしさ。

引き留めなくてはいけない。

たとえどんな惨めな手段を使ったとしても、かまうものか。

盈を失うくらいならば、無様に取り縋ったほうがよほどましだ。

「盈……！」

閨に戻ってきた盈を強引に抱き竦め、凌平はそのやわらかな唇を奪う。

舌を絡め、吸い上げる深い接吻を交わしながら、互いに立ったままの状態で盈の臀に手を回した。

「ッ」

双丘の肉をそれぞれ摑んで押し潰すようにすると、盈が「あ」と甘い声を上げてわずかに顔を仰《の》け反《ぞ》らせる。

それだけで盈の欲望の起動装置が押されたことは、まず間違いがない。

「好きだろう、これが」

「ん」

好きとも嫌いともつかぬ声で答え、盈は凌平の腿のあたりに性器を押しつける。密着してきた躰はまだ火照ってもいなかったが、既に彼の肉体は快楽の予兆を感じ取っていた。

「どこにも、行くな」

盈の欲望に火を点けたことに満足し、凌平はその薄い耳朶《じだ》のあたりを摑んで耳打ちする。

「この週末は、ずっとおまえを抱いていてやる。どこにも出かけたりしない。だから、おまえも俺のことだけを考えていればいい」

そのためにも食料をたっぷりと買い込み、数日は籠もれるだけの蓄えを準備した。

「俺がおまえを満たしてやる。——俺だけが」

断言した凌平は盈の躰を抱き寄せ、畳の上に乱暴に組み敷く。すぐそこに用意された褥に導かないのは、常になく兇暴《きょうぼう》な気分になっていたからだ。

「ここ……」

「ここでするんだ。痛いのもきっといいはずだ」

おそらく、肉付きの薄い背中が痛むのだろう。盈が顔をしかめるのも気にせず、凌平は力を込めて裾を広げ、下着をつけさせていない盈の下半身を露にさせる。

そして、現れた秘蕾に猛る肉槍《にくそう》を強引に突き立てた。

「——……っ」

苦痛と快楽の双方が入り混じり揺らぐ盈の声を聞きながら、まるで獣のように腰を振って、盈の中へ中へと侵入する。

——たくさんの雄の精で満たされますように。

そんな願いがあっていいものか。それはただの呪いではないか。

盈に雄としての祝福を与えるのは、凌平だけでいい。

「盈、どうなんだ」

息を弾ませながら、凌平は掠れた声で問いかける。

「どうって……？」

「これが、いいか？　ほら……」

尋ねながら腰を揺すり、下から愉楽の波を送ってやる。

「あッ！」

それだけで盈の声が甘く跳ね、凌平の情欲をますます煽った。

どんなに不安に苛まれている瞬間で会ったとしても、こうして愉悦に沈む盈を見れば、すべてがどうでもよくなってしまう。

「……いい……」

掠れ声で訴える盈のその声に、凌平はかえって己の中にある独占欲を刺激されるのを実感した。

どうあっても、この美しい人を手放せない。

「よく言えたな。ご褒美だ」

「褒美って？」

「精だよ。おまえは、これが、好きなんだろう？」

切れ切れに言いながら、凌平は自身の欲望を存分に叩き込む。

答えることも能《あた》わずに盈は躰を捩ったが、この細い肉体の隅々にまで獣欲を叩きつけ、征服し、己のものだと徴《しるし》をつけてしまいたい。

自分のものだと、世界中の人に知らしめたい。

それと同時に、盈自身に彼には最早凌平しかいないと思い知らせたいのだ。

けれども、盈はあまりにも美しい。そのあまりの美しさゆえに、常に盗まれる可能性がつきまとう。

そればかりは、許せない。

盈を誰かに渡すことなど、あってはならぬ話だった。

7

「お、凌平《りょうへい》じゃないか」

居酒屋で一人酒を飲んでいたところに声をかけられ、凌平は振り返る。そこにはあれ以来顔を合わせていなかった、友永《ともなが》が立っていた。

家の近くの店は、民芸調の家具を置いた作りが何となく長野《ながの》を思い起こさせる。飾り棚にはどこのものとも知れぬ木彫りの熊やら人物像やらが置かれ、帝都にはない地方色を醸し出していた。

もともと友永が見つけて教えてくれた店なので、ここで彼と会うのはおかしいことではなかった。

窓際のこの席は、大通りの様子も見えて町の喧噪《けんそう》が直《じか》に伝わってくる。それを肴《さかな》に、凌平は一人で酒を嗜《たしな》んでいた。

「一人か」

「見ればわかるだろう?」

多少はぶっきらぼうに言ってのけた凌平に対し、会社帰りの友永は人懐っこく笑った。

「ここ、いいか？」

「うん」

断る理由もなかったので同席を許すと、友永は少しほっとしたようだ。

彼はネクタイを緩め、女給に向かってお銚子《ちょうし》を一本頼んだ。

「このあいだは悪かったな。一人ってことは、あの子とは別れたのか」

「……いや」

凌平は首を横に振った。

いくら親友といえどもいきなり大切な相手に手を出されたのだから、わだかまりがないといえば嘘になる。だが、本格的に盈《みちる》との生活を始めてみると、友永一人が悪かったわけではないことは理解できるようになっていた。

「だからちょっと窶れてんのか？」

「ああ……そういえば、少しは痩せたかもな」

まともに食事を摂るのは朝食と会社に出たときの昼食くらいのもので、家にいるときはひたすら盈の肉を貪っている。そうでもしないと、盈は男を連れ込んでしまうと恐れていたからだ。

「だけど、大したことじゃないよ。仕事も順調だ」

「そいつは重畳だ」

さもほっとしたような様子で、友永は相好を崩した。

「そういや、工場建設はどうなった？　やっぱり長野で決まりなのか？」

「それが、荒川《あらかわ》に建てることになったよ。その際に研究班の仕組みも新しくすることになって、俺も主任に昇進だ」

「そいつはすごいな」

友永は目を輝かせて、我がことのように嬉しげな顔になった。

「で、あの子……盈ちゃんは？　出かけてるのか？」

「盈は家から出ないよ」

凌平は恬淡《てんたん》と答えた。

家から出せばよけいな虫をつけてくる美しい花を、そう易々《やすやす》と外に出せるわけもない。

「え？　じゃあ、ひとりぼっちなのか？」

友永が大袈裟な反応を示したのも気にせず、凌平は平然と首肯した。

「そうだよ」

一人で家に残してきたものの、土産くらいは買ってきてある。盈は洋菓子も和菓子も好むので、凌平には選び甲斐《がい》があった。

「だったら、こんなところでのんびり飲んでいないで帰ったらどうだ？　会社の帰りなんだろう」

「あいつにも一人で愉しむ才はある。それに、たまには俺も、一人になりたいんだ」

凌平は頷き、猪口《ちょこ》を口に運ぶ。

「だけど……俺に言えた義理じゃないが、あの様子なら、また誰かを連れ込むかもしれないだろ」

「盈は率先して連れ込んだりはしない。勝手に相手がその気になるんだ」

そこがまた、盈のたちの悪いところだった。

何も言わないからこそ、言わないがゆえに、男のほうが勝手に勘違いして盈を欲してしまう。盈は自分からは誘わない。それでいて、誘われたら決して拒まないのだ。

それもまた母親の影響なのかもしれないが、凌平はそうしたことを考えるのにいい加減に疲れてきている。

盈は盈だ。凌平には絶対に手放せない、究極の美。それでいいではないか。

「うん……それはそうだな。何というか、蜘蛛《くも》みたいな子だ。蜘蛛の巣で網を張っていれば、勝手に獲物がかかってくる」

「上手い喩えだな」

表面上は褒めてやりながらも、外を気にしている凌平は心ここにあらずだった。

「だが、蜘蛛よりは生産性は低いだろうな」

「どういうことだ？」

「寝る相手が男だから子供も産まないし、家にいたって家事は何一つできない。ただ、茫洋《ぼうよう》と餌がやって来るのを待っているだけだ」

何をしても無意味とは、こういうことを言うのだと、凌平は盈を前に思い知らされた。

家にいれば御用聞きを相手に脚を開く。

外に連れていけば、どこの誰とも知らぬ相手に襲われそうになる。

いっそ犬のように首輪と紐《ひも》をつけて歩けばいいのかもしれないが、それが役に立たないであろうことは、浅草《あさくさ》の映画館で判明した。

「なら、あの子のことはいい加減に諦めたのか？」

「いいや。俺なりに、対策を考えたところだ」

だからこそ、こうして一人でのんびりと酒を飲む気分にもなれた。

四六時中盈のそばにいるのでは息苦しくなり、盈に情欲と憤怒《ふんぬ》をぶつけかねないからだ。多少の距離がなくては、快適な関係性は作れない。

「おまえも厄介な相手に惚れたもんだなあ」

しみじみと嘆息されて、凌平は眉を顰めた。

「いや、惚れたって……そんなわけじゃない」

「それは惚れてるだろ。どう考えてもべた惚れじゃないか」

凌平は猪口を口に運ぶ手を止め、無言でしげしげと友永を凝視した。

「え、そこは驚くようなことじゃないだろう？」

「――俺は、盈に昔の夢を見ているだけだ。好きとか嫌いとか、そういう卑俗なものとは違う」

美を作り出せない男が出会った、この世界で最も美しい存在。

そこには愛などという俗なものが介在する余地はない。

「その点では、おまえが意地になっているだけだ。惚れたら負けとか、恋愛は俗っぽいとか、そんなのは固定観念だよ。好きなものは好き、そこに聖も俗もないってやつだ」

「わかっているよ、それくらい」

そのうえ勝ち負けでいうのであれば、凌平は最初から負けている。

既に凌平は盈の放つ美の力に圧倒され、ひれ伏しているのだから。

ゆえに、今更、盈に負けるのが恐ろしいわけではなかった。

「ともかく、一度、盈ちゃんととことん話し合ってみればいいじゃないか」

「あいつと、何を？」

凌平は自嘲気味に問う。

「何って……そりゃ、いろいろなことを」

「盈は何も話さない。ただ綺麗なだけの人形だからな。持ち主の望むとおりに飾られるだけだ」

「それは、違う。おまえが盈ちゃんに向き合ってないだけだ」

「向き合ったところで、無意味だ」

どんなに真剣に盈に相対しても、あの肉体に屈して欲しがってしまう。際限のない欲望に突き動かされ、破滅するばかりだ。

盈は問われたことには答えるが、自分から話をしようとはしない。そんな相手とどんな風に関係を深めていけというのだろう。

「とにかく、こんな近所にいるのに留守番させているなんて、可哀想《かわいそう》だろう。ここで待ってるから、連れてきたらどうだ？」

つまみに干物とたたみいわしを頼んだ友永は、あくまで穏やかな雰囲気を醸し出している。

「いや。こうしていると、見えるんだ」

静かに言った凌平は、窓の外を指さした。

「は？」

友永は鳩が豆鉄砲を食ったような顔になる。

「うちに行くには、あの煙草屋の角を曲がるだけだ。その先はどん詰まりだから、そこだけを見張っていればいい」

「おまえなあ……」

凌平の意図を察した友永は、呆れたように首を横に振った。

「まさか会社にも行かないで監視しているのか？」

「そんなわけがないだろう。今は重大な時期だし、仕事は俺にとって大切なものだ。働かなければ、盈を養えない」

「なら、いつから監視なんてしてるんだよ。おまえ、やっぱりおかしいぞ」

夕方からの監視では無意味かもしれないが、一応は玄関先まで帰宅した。盈がそれに気づいたかは知れないが、戸が開いたら千切れるように玄関に貼ってあった紙片は破れておらず、来客がないと判断はできた。

「俺がおかしいのは、最初からだよ」

「違うな。どう考えても、盈ちゃんに会ってからだ。確かにちょっと耽美主義みたいな発言をすることはあったけど、実生活にまで影響はしなかっただろ。少なくともおまえは、こんなところで間男が来るかもしれないなんて疑って見張ったりするようなやつじゃない」

「――そうだな。本人には得てして自覚はないものだ。もしおまえが変わったと思うのなら、そうなんだろう」

人間観察に長じている友永の言い分であれば、そう間違ってはいないかもしれない。

「緩やかな変化はまだしも、急激な変化は病気みたいなものだ。俺はおまえが心配だよ」

「……ありがとう」

凌平が真剣な面持ちで礼を告げると、友永は複雑な顔つきで「おう」と答えた。

「だったらさ、やっぱりこれから……」

「それはだめだ。盈を見たやつは、盈を欲しがることがわかったんだ。人目に晒せば、あいつを狙う相手が増える」

「……おまえがそれでいいなら、俺は止めない」

そういう引き際のよさが、友永の優しさでもある。

もし本当に凌平が命にかかわるほどに激しく変貌していれば、友永はおそらく首根っこを摑んででも病院に連れていくだろう。そして、盈と引き離す算段をするに違いない。

友永が実力行使に出ない以上は、凌平は未《いま》だに危険水域には達していないという意味だ。

「それに、仕事をちゃんとできているのなら、まあ、問題はないさ」

「どういう意味だ？」

「社会と接点があるうちは、そんなに人はおかしくならないものってことだよ。これで家に閉じこもって愛欲に耽るなんて言われたら、危険信号だけどな」

「かもしれないな」

生憎《あいにく》凌平には蓄えらしいものはないし、金になりそうなものもない。唯一換金できそうなものは、先日、十和田家から大量に届いた盈の着物くらいのものだ。

中には豪華絢爛《ごうかけんらん》で見るからに高額そうなものもあり、それを売れば金になるかもしれない。だが、二人で永遠に生きていくには少なすぎる。

それよりは、艶やかな着物で盈を飾ることのほうが、淩平にはよほど昂奮すべきできごとだった。茂郎《しげお》はいつも、どんな格好をさせれば盈が美しくなるかを知っていた。

知っていて、独り占めしていたに違いない。

それが、羨ましかった。

「そういえば、大学の同期の佐久間《さくま》、覚えてるか？」

それ以上盈のことを掘り返されるのが嫌だったので、淩平のほうから同窓会の話を持ち出した。

「ああ、勿論」

「このあいだの同窓会で会ったけど、奥さんとの関係は持ち直したらしいぜ」

「へえ。もう破綻《はたん》寸前って感じだったのになあ」

淩平の話を聞き、友永は意外そうに唸《うな》った。

「あ、そうだ！　俺もこのあいだ、丸ノ内で溝下《みぞした》に会ったぜ。すっかり貫禄《かんろく》がついちまっててさ」

「懐かしいな」

沈み込みそうになる淩平の気持ちを紛らわせるためか、友永も負けじと噂話《うわさばなし》を披露してくれる。

彼の気遣いが嬉しいと思いつつも、凌平の気持ちは完全に盈の元へ飛んでいた。

煙草屋の角を見張りながら、盈へと思考を飛ばす。

今、盈はどんな気持ちで凌平を待っているだろう。

それが知りたかった。


――この絵は、なあに？

西洋美術を展示する美術館に連れていかれた小学生の凌平は、真剣な顔つきで絵に見入る父に遠慮がちに尋ねる。

「これはアダムとイヴだよ」

「アダムと、イヴ」

聞いたことがあるような、ないような。

油絵の中の男女のつがいはそれぞれ裸体で、どこか不安そうな面持ちで手にした真っ赤な林檎《りんご》を見つめていた。頭上の樹木の枝からは、見るからにずるそうな表情の蛇が顔を覗かせている。

「神様が初めて作った人間だけど、蛇に唆《そそのか》されて神様との約束を破って、林檎を食べてしまう。そして、エデンの園という楽園から追い出されてしまうんだ。キリスト教では、この二人が私たちの先祖ということになっている」

「えっ、どうして林檎を食べちゃいけないの？」

絵の中に描かれた赤くつやつや光る林檎は現実には滅多に食べられず、凌平の大好物だ。

それを禁止してしまうなんて、神様は随分惨《むご》い。

「こっちにおいで」

「うん」

美術教師の父は解説をしてくれるつもりになったようで、絵を見る列から少し離れたところに凌平を誘う。

こういう時間が、すごく好きだ。

父なりに自分の解釈を教えてくれるその瞬間は何よりも貴重で、そして誇らしい。それは家で行われることもあったし、時にはこうして美術館の片隅で語られることもあった。

「林檎は『善悪を知る実』といって、それを食べると人は無垢ではいられなくなってしまうんだ」

「無垢？」

周囲の級友より少しませているといっても、小学生の凌平には『無垢』なる言葉の意味が理解できなかった。

「そう。つまり……それまでは、人は善も悪も知らなかったんだ」

「知らなかったら、いいことも悪いこともしないの？」

「いや。自分が何をしているのかすら判断できないいんだよ」

「でも、それだったら気づかないうちに悪いこともしちゃうってこと？」

「可能性はある」

父は眉根を寄せて考えながら、凌平に言い聞かせるようにゆっくりと言葉を続けた。

「これは父さんの考えだが、何が善で、何が悪か――知らないで行えばそれはただの『行為』でしかない。そこには、善も悪もない。だが、善悪の基準を知ってそれを行った瞬間から、人は自分の行動に責任を持たなくてはいけなくなる」

「…………」

「ああ、ごめん。凌平にはまだ難しかったかな」

仕事を離れたところでも、父は西洋画を鑑賞するのが趣味で、聖書についてもひととおりの教養があった。眼鏡をかけて如何にも頭のよさそうな父は、凌平にとっては自慢の存在だ。

「もしかしたら、人は、その実を食べるまでは好きとか嫌いとか、そういうものさえない世界で暮らしていたのかもしれない。何も知らないというのは、そういうことじゃないかな」

「だったら、何かを知った人間は幸せじゃないの？」

「ん？」

凌平の素直な問いを耳にして、父は面食らったようだ。

「知ったから、楽園を追い出されちゃったんだよね？　楽園っていいところなんでしょう？　そこを出たら大変じゃないのかなあ」

「まあ、だからこそ私たちが苦労しているともいえるな」

父は腕組みを解き、凌平の頭にぽんと手を載せた。

「とはいえ、知ってしまったからこそ人は進化するんだよ。たとえば父さんが絵を描いて、自分が下手だなって自覚できるのは、知識と経験があるからだ。そして、自分の価値観で判断をする能力があるからだと思う」

「……うん」

それならば、楽園を追われた人も、不幸ではないのかもしれない。

「無垢であることが幸せとは限らないと、蛇は知っていたのかもしれない。だから、イヴだけでもいいからその事実を教えたかったのかもしれないね」

それについてはどう答えればいいのかわからなかったので、凌平は「うーん」と曖昧に唸《うな》るに留める。

「あるいは、蛇だけが知っていたのかもしれない。自分だけが無垢ではないことを」

だから、同じ罪を知る人を増やしたかったのかもしれないね。

まるで小さな発見をした科学者のように目を輝かせて父はそう言ったものの、やはり、凌平にはよく理解できなかった。

だけど、それならきっと蛇は淋しかったんだなと思った。

この世界でたった一人だから、淋しくてたまらなくて、仲間を増やしたかったのではないだろうか。

自分と同じ、無垢ではない存在を。


「ただいま」

あの居酒屋で行き合った友永と小一時間ほど酒を飲んでから帰宅した凌平は、玄関の電灯を点ける。

家中の鍵は閉めてあり、窓も板を打ちつけている。これならば、鍵がなければ誰もこの家には入って来られないはずだ。

大家の野口《のぐち》にはいったい何があったのかと半ば咎めるように問われたものの、会社の大切な資料を預かっているのでと答えると、仕方がなさそうに認めてくれた。

それに、どうせ凌平が出ていけば建て替えることになるであろう、年季の入った家だ。大挙するときに相応の修繕費を出せば問題はない。

すっと襖を開けて、凌平は改めて中にいる盈に声をかける。

「ただいま、盈」

部屋の入り口に立った凌平は、己の作り上げた美しい標本を見下ろして口許を歪めた。

「…………」

猿轡《さるぐつわ》を咬《か》まされた盈は華やいだ振り袖を身につけ、そのうえからきっちりと縄がけされている。後ろ手にされていてはもとより自由が利かない上、腕を床柱《とこばしら》に回すようにして後ろ手に縛り上げていた。それだけでは飽き足らず、盈の上体は着物の上から床柱に括《くく》りつけられている。

「いい子にしていたか？」

無論、この状態の盈に対して返答は期待していない。

言葉を発することができないのは当然ながら、これでは盈は動くことはまったくできまい。

それでも何とかしようとしたらしく、盈の着物の裾は乱れ、白い足袋がやけに目立つ。

美しい……。

こんな姿になっても、なお。

いいや、この姿だからこそ盈はひどく美しいのだ。

あのときは友永の比喩《ひゆ》を褒めたが、この麗しい存在が蜘蛛などであろうはずもない。

今の盈はまるで標本箱に納められた、一匹の優雅な蝶《ちょう》。

ピンではなく縄で留められているのはご愛敬《あいきょう》だったが、その無残さはよけいに蒼褪《あおざ》めたような盈の膚の美しさを引き立てる。

「さっき、そこで友永に会ったよ。おまえが元気かどうか心配していた」

「…………」

「友永を覚えてないか？　ここに来て二日目に、おまえが咥え込んだ男だ。随分嬉しそうに咥えていたくせに、忘れてしまったのか？」

声を出せない以上は返答がないのは当然だったが、盈の反応は皆無でもあった。

友永の名に反応すれば凌平が怒ると思っているのか、あるいは本気でどうでもよくて覚えていないのか、そのあたりも判然としない。

そんな盈を前に込み上げてきたのは、苛烈なまでの歓喜の念だった。

盈のこの凄艶なる美を知るのは、己だけなのだ。

いっそ、縄がけをしたうえで梁にでも吊《つる》してやれば、どれほど艶やかな姿を披露してくれるだろう。

この家にそこまで丈夫な梁がないことが、凌平には不満でならなかった。

あの十和田家の邸宅であれば、盈を吊しても揺らがぬ立派な梁があったが、そうしなかった茂郎は理性的なのか、あるいは、彼はそのような美には無関心だったのかもしれない。

幼い頃から今に至るまでの盈を独り占めしていたくせに、つまらない男だ。

凌平は茂郎の思いがけないまともさを嘲り、再び盈に声をかけた。

「俺の留守中、誰か来たか？」

またも返答はない。

凌平はその場に膝を突き、盈の着物の裾をゆっくりと持ち上げる。真っ白な膝頭。そのあとに腿が見え、そして、下着を許していなかったために剝き出しになった秘部が露になった。

「っ」

衣服と臀のあいだに強引に手を入れて指を突き立てると、刹那、盈の眉がくっと寄せられる。

「…ふ…」

だが、すぐにそれはうっとりとしたものに変わり、凌平の指の動きに合わせて腰がもじもじと揺れ始めた。

「ん、む……んん……」

一頻《ひとしき》り指を動かしてから引き抜いてみても特に緩みはないうえ、指に精液の残滓が付着するでもなく、盈が今日は男を咥え込まなかったことが判明する。

勿論、後始末を丹念にすれば確認も難しいが、出がけに水を使って襖に貼りつけておいた小さな薄紙は破れもせずにそのままだったので、彼の無実は信じられた。

口惜《くちお》しい話だ。この麗しい標本を、逆に誰も見てくれないとは。

凌平は舌打ちをし、盈を見下ろす。

「惜しいな。鑑賞者はいないのか」

確認しても盈の視線は動かず、ただ、凌平の顔をぼんやりと見ている。

「こんなにおまえは綺麗なのに……俺の作った芸術品は評価すらもらえないのか」

腕組みをした凌平はため息をつき、電灯の薄暗い灯りの下でまじまじと盈を観察する。

「綺麗だよ。おまえ以上に美しい存在を、俺は知らない」

如何に彼を褒《ほ》め称《たた》えたとしても、当然のことながら返答はない。

仮に猿轡を外していたとしても、盈は特に返事をしないに違いなかった。

盈にとっては、凌平の作り出す美など何の意味もないのだ。いや、違う。美という概念すらもどうでもいいのかもしれなかった。

凌平は盈の前に膝を突くと、彼の猿轡を外してやる。

盈はそれでも何も言うことはなく、視線を落として項垂《うなだ》れたままだった。

その反応を予期していた凌平は、己のズボンのベルトとボタンを外してそこをくつろげ、盈の姿ゆえに兆した性器を見せつけた。

「厠へ行きたいか？」

昂奮に掠れた声で問いながら、盈の薔薇色の頰に性器を押しつける。

答えるように盈はその赤い舌でねっとりと唇を舐め、意味ありげにそこを濡らした。

潤いを含んで光る唇を目にして、胸が震える。

「そうだな。その前に、欲しいものをやろうか」

盈が微かに頷いたような気がしたので、今度はその口許に醜怪《しゅうかい》な切っ先をひたとくっつけた。

男性器と盈の完璧な麗容の対比は、まるで風刺画か何かのように滑稽だ。

困惑した様子で盈は畳のあたりを眺めていたものの、やがて顔を動かし、大きく口を開けてそれを吸い込んでいく。

食われる。

実際には食《は》ませているのは凌平のほうなのに、まるで、自分自身を食われていくような錯覚にすら襲われた。

「ふ」

やわらかな唇に敏感な幹を擦られ、凌平の唇から甘い息が零れた。

まったく、何という醜悪な倒錯だろう。

凌平は抱え鞄を畳に放り出したきりで、背広の上も脱がずに盈に奉仕を強いているのだ。

「う、っく…むぅ……」

口淫《こういん》のような浅ましい真似は、商売女だってしない最低な行為だ。それを盈に教え込んだのは凌平だったが、彼はまったく疑問も感じずに、男の性器を至極旨そうに舐《ねぶ》る。

精で満たされることを求める盈にとって、男性器は愛おしいものなのかもしれない。

「んむ……ぅ……」

吸い込むように口腔《こうこう》に納めていくあいだ、盈のその赤い唇は何度も窄《すぼ》まり、弛緩《しかん》と緊張を繰り返す。

それはあたかも自らの秘蕾の優秀さを再現しているかのようで、凌平はその巧みな動きに呻いた。

そうして細かい刺激で凌平を酔わせながら、その舌はちろちろと幹を辿る。無論、幹の一方だけではなく、舌を回すようにして強い刺激を与え、時々は舌で幹をぺたぺたと叩く。

「たまらないな……おまえ、また上手くなったじゃないか」

「ふ、ん……んぅう……」

「よし。今度は下品に音を立てて吸ってみろ」

「ん」

唾液の量を増やしてじゅるじゅると浅ましい水音すら立て、盈は教わったとおりの手練手管で凌平の快楽に尽くす。

そのあいだも盈のそこは反応を示し、勃ち上がった花茎からは先走りが伝い落ちている。

「惨めだな、ここも感じて」

靴下を穿《は》いたままの爪先でふくろを軽くつついてやると、盈が「っ」と顕著な反応を示して躰を揺すった。

それでも凌平から離れようとせず、その唇できわどい奉仕を続けてくれている。

この家には二人以外の誰もおらず、侵入すら許していない。それゆえに、盈を求めて夜這うのはまさしく凌平だけだ。

だからこそ、盈は凌平を求める。

放っておけば誰にでも躰を開く盈に、凌平がそれを許さない。誰の訪問も認めないからこそ、盈は凌平を必要としてくれるのだ。そこに第三者がいない方程式は、危うい均衡を保ちつつも完結している。

こんな浅ましい舌技にすら、夢中になって耽ってくれるのだ。

——そうだ。こうすればおまえは、俺を求めてくれる。俺だけを欲してくれる。今だけはおまえは、俺のものだ。

世の中にごまんといる人々と隔絶させて、初めて、盈は凌平だけを求めてくれる。

この世にはたくさんの人間がいるが、盈を顧みるのは凌平しかいないと教えなくては、この美しい蝶は凌平だけのものにはならない。

そのためには誰彼かまわずこの絢爛たる宝石を見せつけ、掌中の珠《たま》を自慢する必要があるのだ。

だが、彼を手に入れ、引き留めておく方法は、本当にこれしかないのだろうか。

どうすれば、盈は自分のものになるだろう。

どうすれば、自分だけを見てくれるようになるのか。

「ん、ぐ……んぅぅ……」

すっかり大きくなってしまった凌平を受け止めるために、盈は嘔吐《えづ》くように苦しげな声を漏らした。

「気持ちがいいのか？」

腰を揺する凌平に合わせって、盈は舌の動きを緩やかなものにしている。性器に歯が当たらないように舌を被せ、凌平がそこを蜜壺《みつつぼ》の代わりに使えるように気遣う。

つくづく、この肉は男を夢中にさせる。

「答えろ」

「ん……いい……」

顔を離した盈はそう言って、再び凌平のそれに吸いつく。

「前は何も識らなかったくせに、すっかりこれで悦ぶようになったな」

「…ん、ん……ん……」

短い息を漏らしながらそこに顔を寄せ、盈は夢中になって頭を振っている。濃《こま》やかに手と舌とを動かして凌平に快楽を与え、白い蜜を搾り取ろうと懸命な様子だ。

「男が欲しくてどこまでも落ちていくなんて、どういうざまだ？」

どんなことをしても、されても、盈のこの肉体は歓喜でもって答えてしまう。それが凌平であろうとなかろうと、同じなのだ。

「あとでたっぷり挿れてやる。中に出してやるからな」

「うん…」

「その前にその口でじっくり奉仕をしろ。飲むのも好きになったんだろう？」

「ん……」

盈が素直に頷いたのを目にして、凌平の心にどうしようもない苛立ちが生じる。

なぜ。

なぜ盈はいつも、凌平のすることに従うのか。反抗し、嫌だと言えばいい。こんな風に道具にしないでほしいと言えばいい。

なのに、盈はただ凌平の言いなりだ。

「飲みたいんだな？」

「うん……」

それを聞いた凌平は焼けつくような怒りを覚え、盈の口から強引に肉茎を引き抜く。そうして彼の顔の前で砲身を刺激し、その真っ白な顔に精を浴びせた。

「ふ…？」

雄の精を浴びた盈は目を丸くし、さすがに戸惑ったように凌平を見上げる。

「悪いな、手が滑った」

「いいざまだ。おまえみたいな淫売にはいいだろう」

「…………」

盈は口許に垂れてきた精液を舌先で舐る。

その陶酔《とうすい》しきった顔を見ながら、凌平は自分の怒りが欲望に変化していくのをまざまざと実感する。

……わからない。

果たしてこれは正しいことなのか？

肉の喜悦の迷宮を彷徨《さまよ》いながらも、一方で、凌平は盈を前に途方に暮れている。

この少年が何か、わからない。どうしてこんな関係を続けてしまうのか、わからない。

このままでは、壊れる。

ただ美しいものを愛し、望み、欲していた凌平が迷い込む迷路は結末がない。

「凌平……？」

促すように名前を呼ばれて、凌平はこのまま盈を抱こうと心に決め、その場に膝を突いた。

友永の言うとおりに、これは確かに一種の病だ。

己の魂は、既に病んでいる。盈に浸蝕《しんしょく》され、侵略され、今にも壊れんばかりに軋む。

このまま己の魂が病み衰えて死んでしまえば、盈はどうなる？

自分は盈に、いったい何を望んでいるのだろう。

「挿れるぞ」

「うん……」

膝を立てて自ら膝の裏に手をやって脚を広げる盈は、痛ましいほどに美しい。

それは滅びゆくものの美しさにも似て、凌平をいっそう魅了するのだ。

8

朝。

凌平《りょうへい》が目を覚ますと、珍しいことに盈《みちる》はとうに起きだし、漆喰の壁に凭《もた》れてぼんやりとしていた。外から板を打ちつけてしまった窓からは光がわずかに漏れ入るだけで、閨《ねや》自体が薄暗がりになっている。

盈は自分の膝の上に聖書を載せているが、頁《ページ》を捲るわけでもない。この暗さでは書物を読むことも難しいだろう。

「いつ起きたんだ？」

「さっき」

欠伸をした凌平は、珍しく布団を上げる。いつもは週末になると敷いたままにして盈を貪るので、彼は少しだけ不思議そうな視線で凌平の作業を眺めていた。

「飯はどうする？」

凌平自身も食欲はまったくなかったが、このところ盈にまともに食べさせているのは朝だけだったので、何か作らなくてはいけない。

「いらない」

「いらないって、おまえ……昨夜から何も食べていないだろう」

「空いてない」

言いながら盈は平たい腹を撫でる。そこには昨晩も凌平が何度となく精を放ったのだと思い出し、その仕種の意味深さに心中で唸る。それだけでなく、盈はその優れた舌技で凌平から搾り取りもした。

二人の関係はこの家の中で完結し、腐敗し、終着点を見失いかけていた。

「だとしたら、そろそろ出かけよう」

「外へ？」

盈を外に誘うのは久しぶりだったので、彼は少し驚いたようだ。

「そうだ。今日は土曜日だし、会社は休みだからな」

「うん」

身を起こした凌平は袷《あわせ》を取り出してそれを着込み、ぼんやりしている盈にも着替えるよう促した。

盈が地味な小紋を取り出したので、凌平は首を横に振った。

折角の外出なのだから、この美しい少年を精いっぱい着飾らせてやりたい。

「いや、その小紋じゃなくてこっちがいい」

凌平が盈を飾るために選んだのは、大胆な柄の銘仙だった。凌平は器用だが髪を結うことはできなかったし、逆に盈は不器用だったので、髪に関しては適当に釵でまとめる。それでも、その解れた後れ毛や何やらと相まって、盈はすぐさまういういしい色香を漂わせた。

どうせ放っておいても人目についてしまうのであれば、目立ったほうがいい。迷子になったときにも、そのほうが探しやすいだろう。

前々から考えていたが、今日は遠出をする予定だった。

普段は無口な盈の問いに、引き続き凌平は小型の旅行鞄を引っ張り出しつつ「熱海《あたみ》だ」と答えた。

「どこへ行くの？」

「あたみ？」

「静岡《しずおか》の地名だよ」

「静岡……福岡《ふくおか》と近い？」

それでは『岡』しか合っていないではないかと、凌平は盈の無知を笑いもせずに首を横に振った。

「全然違う。福岡よりもずっと近いよ。おまえは温泉も初めてだろう？」

わかりきったことを言うと、盈は首肯した。

「うん」

「熱海は俺も初めてだ。少し気分が変わるだろうし、楽しめるといいんだが」

申し訳程度にそんな希望を言い添え、凌平は身仕度をするために立ち上がった。

新橋《しんばし》から熱海は東海道線《とうかいどうせん》でなら一本で行ける。本当は伊豆《いず》がよかったけれど、乗り換えが不便に思えてやめておいた。

盈を帝都に連れ出したばかりの頃、喜びのあまりに予約の葉書を出した。返事が来たときには既に、盈を外に連れ出すことへの不安が芽生えていたが、断るのも無責任に思えてそのままにしていたのだ。

いずれにしても、互いに気分転換は必要だ。

このままでは、自分は盈に囚《とら》われてしまう。嫉妬に苦しみながらも、この美の象徴を手放せなくて頭がおかしくなる。

いや、いっそ死んだほうがいいのだろうか。そのほうがずっと楽なことを、凌平は知っている。

けれども、己のいない世界に盈一人が生き残るのは許し難い。凌平がいなくなったところで、盈はさほど気にすることもなく次の男を見出すだろう。けれども、盈がほかの男に抱かれるところなど、想像するだけで狂いそうになる。

盈を鳥籠から解放したのは、彼がほかの男に与えるためなどではない。彼のため——そして、自分のためだ。

どうしようもなく、盈が欲しかったからにほかならない。

久しぶりに新橋駅に向かう途中、盈はいつになく嬉しそうだった。それは表情が輝いており、どことなく生き生きとしていることからも容易にわかる。

時間を見計らって出てきたので、目指す列車には首尾良く乗れた。

「そこに座って」

「うん」

ボックスシートに座るよう言うと、盈は嬉々《きき》として自《おの》ずから窓際に陣取る。下り線なので、左側に座ればおおむね海が見えるだろう。

凌平は膝の上に旅行鞄を置いて、そんな盈をぼんやりと観察していた。

二人がいるボックスシートの片側の席は空いているのだが、たまたま子供と女性が多い車内では、盈の近くに座ろうとする者はいなかった。もしかしたら、彼らは本能的に盈の異質さに気づいているのかもしれない。

美しくみずみずしい少年の姿かたちをしていながら、これは人の心を喰《く》らう悪鬼であり、そして惹きつけずにはいられない美神でもあるのだ。

美徳も悪徳も彼の中にはなく、善悪を知る実を食べたことがない少年。

そんな相手に引っかかってしまった自分自身の愚かしさを、凌平は心中で嘲笑う。

それでも、後悔しているのかと問われれば、そうとも言い切れないのだ。

「わ……」

考えごとをしているうちに、列車は大磯《おおいそ》のあたりに差しかかっていた。いつの間にか海が近く、盈がひときわ華やいだ声を上げる。

初めてだ。

盈はいつも感情を露にしないので、彼がこうして喜びの声を上げるのを聞いたことはなかった。

「今日は天気がいいから、海が綺麗だな」

「うん。青い……」

「そうだな」

凌平は短く相槌を打ち、自分もまた海に見入る。このところは仕事が忙しく、海など目にするのは随分久しぶりだ。

盈と同じものを見て、感動を共有する。

そんなことができるとは、思ってもみなかった。

「もうそろそろしたら、海水浴の季節だ」

「海水浴って」

「泳ぐんだよ、海で」

「ふうん」

明るい陽射しが窓から差し込み、長い睫毛が盈の頬骨のあたりに影を落としている。あのくろぐろとした見事な髪は切ってしまっていたが、それでもなお、盈は美しかった。

逆にいうならば、盈がもう少し醜ければよかったのだ。

そうすれば、凌平は盈を閉じ込めたりしなかった。彼を苦しめたりはしなかった。

たとえば目と目のあいだがもう少し離れていたら。鼻がもっと丸かったら。そんな夢想をして自問自答するほどに、盈の持つ美貌は完璧だった。

凌平にとって、美とは絶対の価値を持って己に君臨するものにほかならない。

それゆえに盈から離れられないのだ。

やがて、汽車は目的地である熱海駅に到着した。

「下りるぞ」

信州ほどではないとはいえ、帝都から二時間も離れれば長閑なものだ。駅には新橋ほどの活気がないし、売れ残りを捌《さば》こうとしているのか、弁当売りの大声がやけに響く。

「こっちだ」

ここでも盈は人目を惹いていたものの、帝都にいるときよりは周囲の反応は直截《ちょくせつ》で、明らかに異質な存在として人々は盈を捉えている。盈もまたそれを知り尽くしているからか、盈は浴びせられる視線に対していっさい注意を払っていない。

改札を出た湊平は、折角なので駅舎で人待ちしている人力車を使って宿に向かった。一人乗りの人力車に分乗しなくてはいけなかったとはいえ、盈が彼らに関心を払わなかったので、さすがに車夫にまでは嫉妬しないで済んだ。

「ここに泊まるんだ」

「ん」

予約していた宿は、海がよく見える場所にあった。車夫たちも行き慣れているらしく、迷うことなく二人を運んでくれる。古いながらも庭などは雰囲気があり、湊平はすぐにそれに満足した。

人力車から降りた二人が門を潜ったところで、すぐに、奥から笑顔の女将《おかみ》が顔を見せる。

「まあまあ、いらっしゃいませ。お待ちしておりました」

季節外れの客を女将は笑顔で迎え入れ、まだ早い時間だというのに愛想がいい。

「部屋のお支度はできているんですけど、もう入られますか？　それとも散歩へ？」

「海は近いんですか？」

さしたる興味はなかったものの、一応尋ねてみる。

「ええ、歩いて十分ほどですかねえ。朝夕と散歩なさるお客さんが多いですね。今日はお天気がいいし少し風があるから、遠くまで見えますよ」

そこまで言われると面倒だとも言い出しづらいし、熱海に来たならば海を見なくては画竜点睛《がりょうてんせい》を欠くというものだ。そこで、凌平は旅行鞄を帳場に預けて海へ向かうことにした。

熱海といえば『金色夜叉《こんじきやしゃ》』で有名だ。学生時代に友永《ともなが》はそちらに嵌まっていて、凌平は泉鏡花《いずみきょうか》を好んでいた。尾崎紅葉《おざきこうよう》は泉鏡花の師匠だが、凌平はどちらかというと紅葉には馴染めなかった。そのあたりが、友永と自分の性格の違いの象徴のようなものなのかもしれない。

もし盈に最初に出会ったのが友永のほうだったら、彼は盈をどうしただろうか。

友永は凌平同様に盈を鳥籠から救い出しただろうが、たとえ躰を重ねたとしても、そのあとの展開は違ったものになっていたはずだ。

何が盈のために幸せだったのか、確信が持てない。

盈は凌平の気持ちをよそに、ゆっくりとした足取りで歩いていく。

道路の向こうに見える砂浜は太平洋《たいへいよう》に面しているので、当たり前だが、夕陽《ゆうひ》を楽しむのであれば不適切だ。夕暮れであたりは既に橙色に染まっていたものの、華やかな残照には巡り会えない。

この時間帯では少し遅いのか、散歩している人は誰もいない。

「行こう」

「ん」

道路を越えて砂浜に踏み込むと、盈は不思議そうな面持ちで自分の足許を眺めた。今日の盈は女物の草履を履いていたので、足袋の中にも砂が入り込んでしまったのかもしれない。

「どうした？」

「重い」

凌平の下駄も砂に埋もれて歩きづらいし、盈の草履であれば足を取られてしまうだろう。

「そうだな。でも、きっとすぐに慣れる」

「音も？」

「ちょっとうるさいけれど、これがいわゆる潮騒《しおさい》だ」

「潮騒……」

緩慢な足取りで歩いているうちにこつを掴んだのか、盈は次第に早足になり、凌平を置いて脇目も振らずに波打ち際に向かう。

そういえば、盈が能動的に動くところを見るのは初めてだった。

常に誰かに引っ張られなければ動けないような彼が、こうして、己の目指す方向へ一心に歩いていく。

もしかしたら、盈はいつだって一人で歩いていけるのではないだろうか。

それは何か象徴的な光景であるかのように思え、凌平はひたすら盈の背を目で追いかけていた。

「！」

押し寄せてきた波が足にかかったことに驚いたらしいが、盈はそれでも止まらなかった。

このあたりで足を止めさせなくては、いくら何でも溺れてしまうのではないか。

「盈、待て！」

凌平が強い声を上げて呼ぶと、そこで初めて盈は立ち止まる。

盈の足首のあたりまで波が押し寄せ、彼の銘仙の裾を濡らしてしまう。

不意に。

苛烈な感情が、唐突に凌平の心を灼いた。

首だけをこちらに曲げて指示を待つ盈の姿に、憎悪に近い苛立ちを覚えたといってもいい。

「もっと、向こうまで行ってみろ」

「………」

盈はもう一度海のほうに向き直ると、どんどんそちらへ歩いていく。

波が押し寄せてもまるでかまうことなく、導かれるように確信を持って進む。

膝の高さまで波が達するとさすがに歩きづらそうだったが、彼は依然として振り向かなかった。

そろそろ危険な領域に達しているように思え、凌平は表情を曇らせた。

「盈」

背後から呼んでも、もう、彼は足を止めなかった。

——なぜだ……？

このまま手の届かない彼方《かなた》に流されてしまえばいい。

そうすれば、凌平は救われる。

本心でないとはいえ、それでも心のどこかでそう願う凌平の醜悪な望みに気づいてしまったのか。

海水を跳ね上げて彼に駆け寄った凌平は乱暴に盈の肩を摑み、そして、思い切り自分に向けて引き寄せた。

「あっ」

互いの足が乱れ、凌平は盈を抱えたまま波打ち際に勢いよく尻餅を突いてしまう。

あまりの勢いに、弾みで盈の躰が凌平の手から離れて濡れた砂浜に転がった。

「…………」

何も言わずに、盈がこちらを見上げる。

その黒い瞳には、光すら宿っていない。

凌平は反射的に、その細い首に手をかけていた。

「っ」

驚いたように、盈が一度だけ躰を震わせた。

自分があの鳥籠で見つけたのは、これまでに決して手に入らなかったもの。凌平が求めてやまないもの。

それは――。

堪えきれずに凌平の目から零れた一滴の涙が、盈の頬に落ちた。

「許してくれ、盈。俺にはこうするしか……」

凌平はほっそりとした首を摑む手に、力を込めた。

今なら、こうすれば、盈は凌平だけのものになるはずだ。

そうして殺人になれば、警察の調書にも記載されるだろう。凌平が盈を殺したと。

凌平はあのとき、己の見出した美の化身を相手に恋に落ちた。

鳥籠に佇む盈を見たそのときから、抗いようのない愛の泥沼に飛び込んでしまった。

しかし、あまりにも美しい理想の存在を手に入れたがゆえに、己の感情の機微さえも摑めなくなってしまっていたのだ。

だが、それももう終わる。

愛などという不確かな感情の交錯では曖昧だが、記録の上でならば永遠に残る。

この命は自分のものだ。この美しい存在は凌平のみに属する。

斯くも細い首にあとほんの少し、力を込めさえすれば。

「盈……」

刹那、盈が微かに目線を動かして凌平を見た。そのくろぐろとした瞳に入り込む、鮮やかな光。

苦悶《くもん》の表情すら浮かばぬ、その黒曜石のように美しい目。

「……ありがとう」

掠れた細い声で盈がそう言ったのに気づき、凌平は凝然と躰を固くする。

何を言っている？

礼を言われる筋合いはどこにもない。それどころか、凌平は盈を殺そうとしているのだ。

殺してくれたありがとう？

あるいは——連れ出してくれてありがとう……か？

まさか、そんなわけがない。

凌平に常に従うばかりで己の意思など一度たりとも示さなかった盈が、世界を見せてくれた礼を言うわけがない。

そんなことはあり得ない。都合のいい妄想だ。

「嘘をつかなくてもいい」

盈を拒絶し、こうして指に力を込めていくのに、どうしてこんなにも盈の表情は安らぎを帯びているのか。

おまえはこの世界で、凌平には見えないものを目にしているのか？

訝る凌平は、盈の頬が橙色に染まっていることに気づいてはっとする。

「…………」

凌平の肩越しに盈が見ているのは、真っ赤な夕焼け空だった。

それは、とても似ている。かつて盈がくれようとした紅葉の色に。

盈には何もない。愛がなければ、死の概念すらない。

だからこそ、何も厭《いと》わずに凌平のすることをすべて受け容れるのだ。

だが、自分にはある。

——愛が。

愛されたいと願う心。愛したいと願う心が。

たとえそれがどんなに歪《いびつ》であっても、どうしようもなく求めてしまう感情があるのだ……。

「盈、おまえは……」

それきり、言葉が出なくなってしまう。

信じられなかった。

何ものにも揺るがされぬように見えて、盈の心には、常に凌平への感謝の念があったというのか。

とうとう、凌平の手の力が緩んだ。

ゆっくりと彼の首から手を離すと、自由になった盈がごほごほと咳《せ》き込《こ》み、それから、凌平を認めて唇を綻ばせた。

「綺麗」

出し抜けに想定外の言葉を告げられ、凌平は表情を曇らせる。

「え？」

盈は凌平の肩越しに、別のものを見ていたのだ。

「空が、広い……」

あの蔵にはない、広い広い空。

あまりにも稚い言葉に胸を衝かれ、凌平は何も言えなくなる。

そうだ。この美しくか弱い子供に、いったい、自分は盈に何を求めていたのだろう。思ったら思ったぶんだけ、何かのかたちで返してほしかった。できることなら、それは凌平が受け止められるわかりやすい感情が喜ばしかった。

だが、それは凌平の自分勝手な要求にほかならない。

自分は求めるばかりで、いつも、与えることを忘れてはいなかったか。

腹を満たし珍しい風物を見せてやることだけが、幸福をもたらすわけではないのだ。

「ああ……」

凌平は静かに頷く。

「とても……とても、広いな……」

相槌を打つ凌平は盈の傍らに横たわり、そして、茫漠と空を眺めた。

新しい世界を見せてあげようと誓ったくせに思ったのに、自分は、こんなにも広い空の存在さえも伝えられていなかったのだ。

「乱暴をして、悪かった」

「ううん」

手を伸ばして盈の繊細な手を握ってみても、彼は振り解こうとしなかった。

この異形を美しいと感じてしまった瞬間に、凌平は負けていたのだ。

盈という存在、その美の奴隷になりたいと願ったときから。

自分を絶対に見ようとしない相手を、欲してしまったその瞬間から。

「好きだ、盈」

緩やかに盈が顔をこちらに向け、凌平の瞳を見やった。

「おまえが好きだ……おまえを、手放したくない……」

誤魔化《ごまか》しなど欠片もない、それが本心だ。

ひたひたと全身を濡らしていく湿った波が躰を冷やしても、凌平の頭は熱くなったままだ。

「……私を？」

不思議そうに尋ねられて、凌平はそんなに意外なことだったろうかと苦笑する。

だが、それすら気づいてもらえないほどに自分の目は曇っていたし、盈にもまったく理解できなかったのだろう。

「ああ」

おまえに俺を好きになってほしいとは、そんな贅沢なことは言わない。

ただ、そばにいたい。いさせてほしい。そしてこの見苦しい嫉妬に悶《もだ》え苦《くる》しみながら、それでも唯一の愛を捧げていきたいのだ。

「そう……」

何の感慨もなく相槌を打つ盈のその酷薄さこそ、凌平が愛してやまない美の結実なのだった。

ほんの三十分ほど前にはちゃんとした格好で外出したのに、戻ったときはずぶ濡れで砂まみれになった二人を目にして、宿の人々はかなり驚いていた。

女将にさえも「海水浴にはまだ早すぎますよ」と笑われ、準備ができたばかりの風呂を使うように勧められた。

「そうだな、風呂に入るか」

風呂の入り口まで案内されると、男湯と女湯をそれぞれ教えられる。盈の性別には女将は気づいていないようだったので、教える必要もあるまいと淩平は黙っていた。

無論、二人とも男湯へ向かった。

濡れてしまった服を脱ぎ、最近作られたという海が見える露天風呂へ向かう。

そこにはまだ誰もおらず、二人はゆっくりと湯に浸かった。

「あったかい……」

盈は長い髪が邪魔なのでそれをぐるぐるとまとめ、釵を挿していた。

「痕になってしまったな」

呟いた淩平が、盈の白い首に残る鬱血《うっけつ》の痕を触る。すぐ近くにいた盈はその仕種にびくっと身を震わせて、それから、一度瞬きをする。

「すぐ、消える」

「消したくないな」

それは所有の徴ではなく誓約の証《あかし》として、その肉体の上に残しておきたい。

「それなら、また跡をつければいい」

「……そんなことまで許さなくていいんだ」

「じゃあ、何を？」

問いかける盈に濡れた瞳で見つめられれば、淩平としてはもう己の思いを誤魔化せない。

抗うことなど、できはしまい。

「そばにいることだけを」

「そばに？」

「ああ、それだけを許してくれ」

ほかには何も、いらない。

「うん」

ささやかな愛を捧げる権利を与えられた喜びに、愛おしさが込み上げてくる。

どのみち、自分の魂はこの美しい少年に魅入られたのだ。

今更、それをなかったことにはできない。

「しよう」

一瞬、こんな場所でどうなのかという思いが過ったが、夕暮れ時のまだ明るい風呂場でことに及ぶのは健康的で、かえって倒錯的かもしれない。

「…………」

珍しく盈が戸惑ったような素振りを見せたので、凌平は彼の腕を摑んで「おまえが欲しい」と告げた。

「欲しい」

誰にも見せられたくない。だけど、誰にでも見せてやりたい。

その矛盾する二つの心理を抱えたまま、凌平はこの美しい神にすべてを捧げると決めたのだ。

抱き合っている最中に誰かが来たところで、恥ずかしいことなど何もない。

「おまえを味わわせてくれ」

「……うん」

こくりと頷いた盈の頬を撫で、凌平は「おいで」と告げる。盈がその場で膝立ちになったので、凌平はその肩を摑んで引き寄せる仕種をした。

「自分で挿れられるか？」

「ん」

頷いた盈は湯の中で緩慢に動き、湯の中にしつらえた段差に座した凌平に跨《また》がった。

「そうだ、そのままできるな？」

「うん……」

盈はほっそりとした手を凌平の肩にかけ、そろそろと腰を落としてきた。

「あ……ーっ」

これはいつもの行為の繰り返しだった。

底のない洞《うろ》のような盈の肉体に、凌平自身が抗えぬまま呑み込まれていく。

複雑に蠢《うごめ》く襞は花弁のように凌平を包み込み、酔わせ、更なる深奥へと引き摺り込む。

盈は自ら腰を動かし、凌平を更に奥深くへと導いていく。

たとえば盈がただ美しいだけで、その肉体はここまで淫蕩《いんとう》ではなかったら？　そうしたら自分はどうしていた？

その命題に関しては、最早考えるまでもない。

それでも己は、盈に惹かれていただろう。

何よりも美しいこの器に備わる、無垢な魂。それこそが凌平を最も惹きつけるのは、まず間違いがなかった。

「ン……ん、んっ……んぅう……」

鼻にかかった声で小さく喘ぎ、盈が腰をくねらせるのがわかった。

もっと、奥へ行きたい。

もっと。

絡みつく襞を掻き分け、凌平は更なる奥地を目指そうと盈に声をかける。

「もっと、だ。できるか？」

「ん…はいる…」

やがて二つの躰がぴったりと重なり、そこで初めて動きを止めた盈は甘い息を吐き出した。

「いい……？」

「ああ、たまらない……」

掠れきった甘い声が鼓膜を擽り、凌平はその目眩《めくるめ》く感覚に汗がどっと噴き出すのを感じた。

「凌平……」

甘い声音とともに、その名を呼んだ盈が凌平の首に両腕を回してくる。

……初めてだ。

こんな風に、彼が縋ってくるのは。それに、盈が凌平に対して感想を問うたのも初めてなのだ。

それがどういう意味を持つのか、凌平は解し得ない。

けれども、それでいいのだ。

意味なんていらない。ただ、盈が今は自分のそばにいてくれている。

それを知っているだけでいいではないか。

「盈……みちる」

彼の細腰を摑んで、湯の中で不器用に突き上げる。それだけで盈の躰は人形のように跳ね、踊り、その顎《あご》をくいと跳ね上げた。

ぎちぎちと痛いほどに締めつけてくる盈に、凌平のほうが不安を覚える。

こんなに求められるのは初めてだった。

「あ……あっあ、っ……いく、いく……っ」

「……ふ」

たまらずに盈の中に放つと、同時に果てた彼が背中を弓形《ゆみなり》にがくんと逸らす。衝撃で彼の髪を束ねていた釵が湯にぽとりと落ち、あの日凌平を魅了した髪がふわりと広がった。

「いいのか？」

「う、うん……りょうへい…もっと……」

「ああ、何度でも出してやるから来い。もっと縋るんだ」

「うん……」

はあはあと大きく息をつきながら盈が凌平にひたりと躰を添わせ、その首の付け根に顔を埋めて震えている。

「あ、あ……いく、いく……いくっ」

喘げばいい。泣けばいい。そしていつか、無残なまでに華やかに散ればいい。

「よんで……？」

「え？」

一心にその肉を貪っている最中にいきなり盈に請われ、凌平は滴る汗も拭わずに顔を上げる。

「盈……って……」

「盈……」

名前を呼ぶたびに心に満ちていく、この果てのない思い。狂おしいほどの情熱。

「みちる……盈……」

「凌平……」

ただ名前を呼んでくれるのならば、それでかまわない。

誰のものにもならない、誰のものにもなれない至高の魂。

それに尽くすことこそが、凌平の人生。これからの生き方だ。

鳥籠に閉じ込められたのは、己の魂。

愛の陥穽《かんせい》に嵌まった凌平のほうだった。

◇◇◇

凌平は疲れていたらしく食事が終わるなり眠ってしまい、退屈した盈は躰を起こした。

することがないのはいつもどおりだったが、旅館では勝手が違う。

客室の洋卓に置かれていた雑誌を手に取りその頁をぱらぱら捲ると、全国各地の名所が書かれている。

……あった。

『福岡』の二文字を指先で辿り、盈は小さく笑う。

凌平の姓はこの地名が元になっているのだと、いつだったか、盈を抱いた男は言った。

福岡凌平。

盈にとって、特別な人。

あのとき。

鳥籠に籠もる盈の前に現れたあの人を見たとき、神様が現れたのだと知った。

淋しくて。淋しくて、淋しくて、淋しくて。

人を満たすことはできても、誰にも満たされない。淋しさしか知らぬ盈のところへ、神様が来てくれたのだ。

思ったとおり、凌平は盈にぬくもりをくれた。誰も教えようとしなかった自由を与え、盈の前に広い世界の存在を示した。

ただ一つの願いは、もう、叶ってしまった……。

私は生まれたときから、神様のもの。

彼が自分の名前を呼ぶたびに、この胸にぬくもりが満ちる。

最初から、最後まで、この世界には彼しかいない。

だから私は、あなたの望む『私』になりたい。あなたの望む標本になり、籠の鳥でありたい。

そうして、いつまでもどこまでも閉じ込めてほしい。

閉じ込めてしまいたい。

神様と二人、この鳥籠で。

あの人を満たすのは、あの人が満ちるのは、盈自身の存在ゆえ。

そのたった一つの真理がわかれば、もう、何もいらないのだ。

籠の鳥

共に暮らしている福岡凌平《ふくおかりょうへい》が買い出しに出かけたあと、盈《みちる》は起き上がった。

先月二人で熱海《あたみ》に出かけてから、何かが変わった。

凌平は出勤の際でも、盈を拘束して出かけるようなことはなくなった。

朝夕規則正しく出かけ、盈の面倒を見る。土日になると、彼の好む様々な場所へ連れ出してくれた。

……べつに、いいのに。

何をしても。

凌平は盈に手を差し伸べて、外の世界へ行こうと言ってくれた人。

すなわち、神様といえる存在だ。

そんな相手が選ぶことは、盈にとってはすべてが正しく受《う》け容《い》れるべきこと。彼が望むことは、すべて、盈が成し遂げたいことなのに。

「おーい」

珍しく凌平が鍵をかけ忘れていったらしく、からりと玄関の戸が開く音がした。

それと同時に、野太い声が響く。

「凌平、いないのか？」

太い声には聞き覚えがあり、盈は立ち上がって玄関へ向かう。

襦袢《じゅばん》の上に絽《ろ》を引っかけた盈が玄関先へ向かうと、三和土《たたき》には凌平の友人と名乗った男が立っていた。

「お、盈ちゃん」

「………」

「友永《ともなが》だよ。友永俊太郎《しゅんたろう》。忘れちゃったのか？」

以前とは違い髭《ひげ》を生やした友永《ともなが》は口許《くちもと》を綻《ほころ》ばせ、それから困ったように顎《あご》に手を当てる。この男の顔を見るのは久しぶりだった。

「あいつは留守か？」

「うん」

盈がこっくりと頷《うなず》くと、三和土に落ちた友永の影法師も揺れる。

「凌平は留守なら上がれねえな。かといって、これだけ置いていっても誤解されそうだし……」

そう言って友永は、下駄箱《げたばこ》の上に置いた本をぽんぽんと叩《たた》いた。

「これは、あいつに借りてた本なんだよ」

「たぶん、平気」

「そうか？」

近頃の凌平は毎日のように盈を求めることはなくなったけれど、初めてこの帝都に来たときのように、盈にかまう。週末になると、連れ立って出かけるようになった。

「なら、認めちまったのかねえ」

「何を？」

「盈ちゃんを好きだってことをさ」

「………………」

凌平にそう言われたことを思い出し、盈は俯《うつむ》いた。

なぜだか、ひどく頰《ほお》が熱い。そして、口の両端のあたりが痛かった。

だが、それがどうしてなのかはわからない。

「それにしても、今は何をしていたんだ？」

「何も」

「何もって、こんなに天気がいいのに？」

盈が外に出ていくことを、凌平は好まない。家事をすることも嫌なようだったし、盈は彼の望まぬことはしたくなかった。

俯く盈を目にして、友永は腕組みをした。

「いくら天気がいいからって俺が連れて出たら、もっと怒られそうだしなあ……うーん」

「……買い物、してきて」

「何を？」

「前に凌平が買ってきた。美味《おい》しかった」

盈の言葉を聞いた友永は「名前は？」と聞く。

「わからない……」

「絵に描けるか？」

たぶん、と頷くと友永が手帳を差し出したので、盈はそれに丸いものを三つ描く。そこに串を描くと、友永は歓声を上げた。

「団子か！」

「……たぶん」

「味は？　みたらしか？　餡《あん》か？」

「……茶色……？」

団子とやらは白くて丸いものの周りに、茶色いふわふわしたものが巻きついていた。

「じゃあ、みたらしかな。盈ちゃんは何が好きなんだ？」

「凌平が好きなもの」

「可愛《かわい》いことを言うんだなあ」

友永は感心したように呟《つぶや》いたが、盈には彼の言葉の意味がわからなかった。

盈にとって、凌平はすべてだ。

だから、凌平が好きなものを盈は大切にするし、その逆も同じだった。

「そういうこと、凌平に言ったりするのか？」

「ううん」

盈はふるふると首を横に振った。

「何で」

「あまりしゃべらない」

「そういや、盈ちゃんが無口だって言ってたなあ」

友永は何度も首を縦に振った。

「凌平としゃべるのは嫌なのか？」

「嫌」

「どうして？　俺とはこうやって、ちゃんと話してくれるじゃないか」

口にしてはいいのかいけないのか、それもわからずに盈は視線を落としたまま口を開いた。

「……声」

「声？」

聞き返されたため、盈は考えながら口を開いた。

「凌平は、私の顔と躰《からだ》を褒める。でも、声は褒めない」

る。

「………」

　刹那、友永は黙り込み、そして大声で笑いだした。あまりに声が大きすぎて驚き、盈は顔をしかめ
「凌平がおまえの声を嫌いかもしれないって？　そんなこと、あるもんか」

「……だって」

「だってさ、おまえは凌平のどこが好きなんだ？」

　答えられない盈に対し、友永が畳みかけてきた。

「好きなところは全然ない？」

「全部」

「全部好きってことか？」

　盈はこくりと頷いた。

「まったく……随分、思い切って即答するもんだなあ」

　涙が出るまで笑っていた友永は、盈の肩をばしばしと叩いた。

「凌平は君のことなら全部好きだよ。顔も、躰は勿論《もちろん》……声も」

「……そうなの？」

「そうだよ。盈ちゃんだって、そんなに好きなら、どうして、凌平以外と寝るんだ？」

唐突に尋ねられて、盈は教わったとおりの言葉を口にした。

「私は、人を満たすためにいる」

かつて母から受けた教えは、盈の心の奥深くに沈んでいる。

だから凌平と抱き合うと、盈は満たされるのだ。

「あのさ。人は一人の人間を満たせればいいいんだよ」

「それに……触れられるとわかる。凌平のほうがいいって」

「なるほどねえ。そりゃ、色気も出るってもんだよな。好きな相手と一つ屋根の下で暮らしてるんだ」

友永はそれから帳面に視線を落とし、「じゃあ、買ってくるよ」と笑う。

「あとで、今の話を凌平にするといい」

「全部？」

「そう、それも全部だ」

「……うん」

買い物に出かける友永を見送りつつ、盈は薄暗い部屋へ戻る。

たぶん、話はできないだろう。

だけどきっと、凌平は帰って来るなり自分に触れる。抱き締めてくれる。だから、きっと、何も話せない。

それでも願いはたったひとつ。
凌平の望む自分でありたい。凌平に好かれる存在でありたい。
いつまでもずっと、この鳥籠で彼のそばにいたい。
それだけだった。

あとがき

こんにちは、和泉《いずみ》です。

このたびは『鳥籠』をお手に取ってくださってありがとうございました。

本作は久しぶりの新書書き下ろしだったので、戸惑いながらの執筆となりました。担当さんが割とはっきりとした方向性のリクエストをくださったので、それに従っての作品作りというのも新鮮でよかったです。

攻視点が大半の話だったので、攻の凌平《りょうへい》がヘタレにならないよう大変苦労しました。最後まで若干ヘタレっぽいのが申し訳ないですが……。

また、(結果的に)受に振り回される攻×無垢なのに色っぽい不思議ちゃんっぽい受というのは、テーマも合わせてこれまで自分が書いたものと被らないようにするのにとても気を遣いました。最後のほうは、もう自分はこれが好きなんだから仕方ないな――と諦めて被りとかは気にしなくなってしまいましたが(笑)。

トータルで考えてみると、何ごともチャレンジあるのみ、という己にとってはなかなか手強い一冊でした。

いずれにしましても、少しでも楽しんでいただけますと幸いです。

それにしても執筆のためひたすら閉じ籠もっていたので、近況報告的なことが何一つ思い浮かばなかったりします。

ある意味、閉塞感のある登場人物の心情にシンクロできたところもあるかもしれません。

最後に、お世話になった皆様にお礼を。

お忙しい中、とても美麗かつ耽美な、情感溢れるイラストを描いてくださった雪路凹子《ゆきみちおうじ》様。こちらの不手際で大変ご迷惑をおかけしてしまったにもかかわらず、雰囲気のあるイラストを生み出してくださり、どうもありがとうございました！

今回、いつも以上にご迷惑をおかけしてしまった担当編集の落合様ほか関係者の皆様にも、感謝の念を捧げます。

そして何よりも、この本をお手に取ってくださった読者の皆様に、心より御礼申し上げます。

少しでも現実を忘れて楽しんでいただけたならば、とても嬉しいです。

本当にありがとうございました。

それでは、またどこかでお目にかかれますように。

和泉　桂《かつら》

LYNX ROMANCE イラストレーター募集

リンクスロマンスでは、イラストレーターを随時募集いたします。

リンクスロマンスから任意の作品を選び、作品に合わせた
模写ではないオリジナルのイラスト(下記各1点以上)を描いてご応募ください。
モノクロイラストは、新書の挿絵箇所以外でも構いませんので、
好きなシーンを選んで描いてください。

1 表紙用 カラーイラスト

2 モノクロイラスト(人物全身・背景の入ったもの)

3 モノクロイラスト(人物アップ)

4 モノクロイラスト(キス・Hシーン)

募集要項

<応募資格>

年齢・性別・プロ・アマ問いません。

<原稿のサイズおよび形式>

◆Ａ４またはＢ４サイズの市販の原稿用紙を使用してください。
◆データ原稿の場合は、Photoshop（Ver.5.0 以降）形式でＣＤ－Ｒに保存し、
出力見本をつけてご応募ください。

<応募上の注意>

◆応募イラストの元としたリンクスロマンスのタイトル、
あなたの住所、氏名、ペンネーム、年齢、電話番号、メールアドレス、
投稿歴、受賞歴を記載した紙を添付してください（書式自由）。
◆作品返却を希望する場合は、応募封筒の表に「返却希望」と明記し、
返却希望先の住所・氏名を記入して
返送分の切手を貼った返信用封筒を同封してください。

<採用のお知らせ>

◆採用の場合のみ、６カ月以内に編集部よりご連絡いたします。
◆選考に関するお電話やメールでのお問い合わせはご遠慮ください。

宛先

〒151-0051 東京都渋谷区千駄ヶ谷 4－9－7
株式会社　幻冬舎コミックス
「リンクスロマンス　イラストレーター募集」係

この本を読んでの
ご意見・ご感想を
お寄せ下さい。

〒151-0051
東京都渋谷区千駄ヶ谷4-9-7
(株)幻冬舎コミックス　リンクス編集部
「和泉《いずみ》 桂《かつら》先生」係／「雪路凹子《ゆきみちおうじ》先生」係

リンクス ロマンス

鳥籠

2017年3月31日　第1刷発行

著者……………和泉《いずみ》 桂《かつら》
発行人…………石原正康
発行元…………株式会社　幻冬舎コミックス
〒151-0051　東京都渋谷区千駄ヶ谷4-9-7
TEL 03-5411-6431（編集）
発売元…………株式会社　幻冬舎
〒151-0051　東京都渋谷区千駄ヶ谷4-9-7
TEL 03-5411-6222（営業）
振替00120-8-767643
印刷・製本所…株式会社　光邦
検印廃止

ISBN978-4-344-83930-4 C0293
Printed in Japan

幻冬舎コミックスホームページ　http://www.gentosha-comics.net